RPM
3000

RPM3000 2

가프 장편소설

초판 1쇄 찍은 날 § 2017년 5월 24일
초판 1쇄 펴낸 날 § 2017년 5월 31일

지은이 § 가프
펴낸이 § 서경석

편집책임 § 최지원

펴낸곳 § 도서출판 청어람
등록번호 § 제387-1999-000006호
등록일자 § 1999. 5. 31
어람번호 § 제1-2704호

주소 § 경기도 부천시 부일로 483번길 40 서경B/D 3F (우) 14640
전화 § 032-656-4452 팩스 § 032-656-4453
http://www.chungeoram.com
E-mail § chungeorambook@daum.net

ⓒ 가프, 2017

ISBN 979-11-04-91344-0 04810
ISBN 979-11-04-91342-6 (세트)

FUSION FANTASTIC STORY

RPM 3000 2

가프 장편소설

도서출판 청어람

RPM 3000

Contents

1. 진격의 작은 거인들

고교야구 대이변!

파란의 소야고!

괴물 투수 출현!

소야고의 결승 진출은 고교야구의 판도를 흔드는 지각변
동이었다. 1차전은 기적으로 불렸지만 2차전부터는 아니었다.
기적은 현실이 되었다. 그 중심에는 운비가 있었다.

야구는 투수 놀음.

100%는 아니지만 99%는 공감하는 명언. 운비가 그걸 실증
한 것이다. 결승 진출까지 운비는 3승을 올렸다. 방어율은 놀

랍게도 0점대였다.

하지만 파란은 거기까지였다. 결승 상대는 같은 충청권의 맹주 공비고. 서울 충안고에게 1 대 0 신승을 거두고 올라온 공비고와 격돌하게 되었다.

주전 셋을 청소년 대표에 보낸 공비고라 해볼 만했지만 아쉽게도 분루를 삼켰다. 그 또한 투수 놀음 때문이었다. 전날 완투한 운비. 박 감독은 영길과 철욱, 병구를 내세워 벌 떼 계투전으로 맞섰지만 큰 게임 경험이 많은 공비고의 타선을 막지 못했다.

3회 말, 공비고는 타자 일순하며 7점을 뽑았다. 3점을 준 상태에서 김태업에게 맞은 만루 홈런이 뼈아팠다.

"저도 던질 수 있습니다."

투수 교체 타이밍에 운비가 자청했지만 박 감독은 운비에게 눈길도 주지 않았다. 박 감독의 선택은 철욱이었다. 어제 완투한 운비. 감독의 욕심만으로 본다면 결승에도 선발로 내보내야 했다. 고교야구에서는 있을 수 있는 일이었다. 교장도 넌지시 그런 뜻을 밝혔지만 흘려들었다.

지구가 멸망하는 게 아닌 다음에야 어제 완투한 열일곱 어린 투수를 연일 등판시킬 수는 없었다. 박 감독 자신이 고교 시절 혹사로 인해 프로 무대에서 꽃을 피우지 못했기에 우승의 달콤함보다 지도자의 양심에 따른 것이다. 더구나 이제는 운비의 등판 시점도 아니었다.

운비는 미칠 것 같았다. 큐빅의 기적 때문이다. 체력 회복력 30%의 스킬. 당장은 피곤해 보여도 마운드에 서면 다시 싱싱해질 어깨였다.

"저, 어깨 문제없습니다. 진짜 괜찮습니다. 한 번만 기회를 주세요."

운비는 간절했지만 박 감독의 선택은 바뀌지 않았다.

"피처 강―철―욱!"

결국 장내 멘트가 나가고 말았다.

철욱은 팀을 책임져 온 에이스답게 불꽃 피칭을 했다. 3회부터 나와 8회 병구에게 마운드를 넘겨줄 때까지 2실점으로 선방한 것. 그동안 소야고도 3점을 뽑으며 선전했지만 초반 대량 실점의 벽을 넘지 못했다. 그나마 위안인 것은 수찬과 덕배의 랑데부 홈런이었다. 7회, 패색이 짙은 가운데 나온 두 방의 홈런은 모처럼 동원된 응원단에게 큰 위로가 되었다. 운비도 8회에 타점을 올렸다. 원 히트 원 에러로 2루에 나간 덕배를 깨끗한 중견수 앞 안타로 불러들인 것.

9회 초, 강돈의 좌익수 플라이로 신화는 끝이 났다. 최종 스코어는 9 대 5. 공비고가 3관왕에 오르는 순간이었다.

공비고가 우승의 기쁨을 만끽하는 동안, 철욱은 그라운드에서 하늘을 보고 있었다.

"형."

운비가 다가갔다. 철욱의 눈에 눈물이 서렸다.

"미안하다. 내가 조금만 실력이 좋았어도……."

"형은 충분히 잘했어."

"꼭 우승하고 싶었는데… 처음으로 올라온 결승이었는데……."

"결승이 어딘데."

"그렇게 생각해 주니 고맙다. 다 네 덕분이야."

"형 덕분이야. 뭣도 모르는 나를 잘 이끌어줬잖아."

"짜식!"

철욱이 운비를 끌어안았다. 그 어깨가 잠시 더 들썩거렸다. 이제 졸업반. 그 치열한 아쉬움을 왜 모를까? 운비는 철욱의 감정이 가라앉을 때까지 그의 기둥이 되어주었다.

그래도 이 대회의 진정한 승자는 소야고였다. 기자들과 관중의 반응으로도 증명이 되었다. 운비는 최우수투수상을 받았다. 수찬이와 덕배도 감투상과 타격상을 받았다.

"허, 이거 진짜……."

우승기를 안은 우 감독이 다가와 운비를 바라보았다.

"축하합니다."

박 감독은 기탄없이 마음을 전했다.

"우승하고도 찜찜하기는 처음입니다. 다들 진정한 승부가 아니었다고 하니……."

"하긴 황운비가 선발이었으면 그 우승기, 우리가 안았을지
도 모릅니다."

"그러게요. 내년부터 우리 지역, 피 튀게 생겼어요."

우 감독은 고개를 저으며 돌아섰다.

기자들은 우승팀보다 소야고를 취재하느라 바빴다. 그중에
서도 가장 주목받는 건 단숨에 초고교급 투수로 부각된 운비
였다. 우승팀의 헹가래가 끝난 후 소야고도 박 감독을 하늘
로 들어 올렸다. 학교 측과 동문들의 냉대에도 소신껏 팀을
지도해 온 감독에 대한 보은이었다.

소야고 응원단과 동문, 학부모들도 선수들을 탓하지 않았
다. 우수한 자원으로 꼽히는 선수 하나 없이 결승에 오른 선
수들. 그것 하나만으로도 그들은 가슴 벅참을 누리고 있었다.

"소야고! 소야고!"

아직도 그치지 않은 응원단의 구호 앞에서 선수들은 정중
하게 인사를 올렸다. 응원단은 뜨거운 박수로 선수들의 노고
를 치하했다.

"운비야!"

윤서와 방규리가 더그아웃 쪽으로 내려왔다. 그 뒤로 황금석
도 보였다. 바쁜 일정을 뒤로하고 달려와 준 가족들이 고마웠
다. 무엇보다 야구를 할 수 있도록 배려해 준 분들이 아닌가?

"엄마!"

운비가 방규리를 바라보았다.

"우리 아들, 장하다. 진짜 수고했어."

"정말이지?"

"그래. 배구 안 해도 원망 안 할게. 뭘 하면 어때? 이렇게 멋진 아들인데."

방규리는 기어이 눈물을 쏟았다. 그걸 달래다 시선이 스탠드에 닿았다.

'응?'

운비가 파뜩 고개를 들었다. 스탠드에서 빠져나가는 사람들. 그 무리에서 낯익은 뒷모습을 발견한 것이다.

'아빠?'

시선을 가다듬었지만 그 모습은 사라지고 없었다.

"자자, 여러분, 진짜 고생했어요. 내가 후원회장님하고 불고기 파티 벌이기로 했으니 어서 갑시다."

황금석의 말이 떨어지기 무섭게,

"으아아, 불고기!"

세형을 비롯한 선수들이 몸서리를 쳤다.

"많이들 먹어라. 고기는 얼마든지 있으니까."

학교 근처의 갈빗집에 도착하자 계산을 책임진 황금석이 선수들에게 말했다. 각각의 테이블에는 한우가 부위별로 산더미처럼 쌓였다. 고기 굽는 냄새가 퍼지기 시작했다.

"교장선생님, 한 말씀 하시죠?"

동석한 체육교사가 아부성 용비어천가를 불러댔다. 교장은 마다하지 않았다.

"자자, 아쉬움은 바다보다 깊지만 우리 선수들, 그동안 고생 많았어요. 우리 박 감독님도. 오늘은 실컷 먹고 다음에는 우리도 우승 한번 합시다."

교장의 제창으로 건배를 했다. 다음은 감독 차례였다. 교장이 감독의 등을 민 것이다.

"다들 진짜 고생했다. 많이들 먹어라."

박 감독의 치하는 간단했다.

"으아악! 이게 바로 꽃등심이라는 거구나?"

고기를 집어 든 세형이 자지러졌다.

"아, 진짜 촌놈처럼……."

운비가 핀잔을 주자 세형이 바로 받아쳤다.

"그래, 나 촌놈이다. 어쩔래?"

"집게 이리 줘라. 내가 구워줄 테니까."

집게를 받은 운비의 손이 팔랑팔랑 움직였다. 앞뒤로 구워 한입 크기로 잘라내는 솜씨는 승우의 그것과 다르지 않았다. 요리는 곽민규에게 배웠다. 곽민규는 멋대로 요리의 달인이었

다. 혼자 섬을 돌다 보니 자구책으로 나온 것이다. 그중에서
도 자갈 삼겹살 구이는 천하일품에 속한다. 그 솜씨를 맛보며
자랐기에 간단한 요리 정도는 문제가 없는 운비였다.

"끄압!"

그때 핸드폰을 보던 수찬이 비명을 질렀다.

"왜?"

주장이 고개를 디밀었다. SNS 때문이다. 수찬의 카톡과 페
이스북, 인스타그램까지 난리가 난 것이다.

"운비야, 너도 확인해 봐."

세형의 재촉으로 운비도 확인에 들어갔다.

"……!"

운비는 핸드폰을 떨어뜨렸다. 대회 시작부터 발동이 걸린
SNS. 쓰나미가 몰려와 있었다. 한마디로 말하면 확인이 불가
할 정도로 폭발적인 관심과 응원이 들어와 있었다.

─그대로 쭉쭉 자라 메쟈 평정해라.

─드뎌 한국에도 진퉁 빅 유닛이 떴구낭.

─크네이구로 내년에는 3관왕.

─우리는 불꽃 직구가 있어 행복했다.

몇 개의 댓글만 읽어도 행복했다. 게다가 중독성도 강했다.
운비는 화면을 넘기고 또 넘겼다. SNS를 확인하는 동안 고기
는 기하급수적으로 줄어들었다. 특히 세형과 순기, 수찬과 벙

구의 먹성이 좋았다. 두 시간쯤 지나자 쫑파티가 파장에 이르렀다. 이미 늦은 밤, 집으로 갈 선수들과 합숙소로 갈 선수들이 나뉘어졌다. 운비는 합숙소로 가기로 했다. 세형과 형도, 순기 등의 꼬드김에 넘어간 것이다.

'좋은 거 있다니까.'

셋 중에서도 세형이 가장 적극적이었다. 뭐 그래봤자 인터넷에서 불법으로 내려받은 일본판 최신 AV가 전부이겠지만.

황금석의 벤츠가 멀어질 때다. 저만치 어둠 속에 낯익은 실루엣이 보였다.

"야, 나 잠깐만."

운비가 어둠 속으로 뛰었다.

"황운비, 너 튀면 죽는다!"

세형의 으름장을 뒤로하며 실루엣을 향해 뛰었다.

"……!"

운비의 시선이 굳어버렸다. 실루엣은 만물 트럭이었다. 그렇다면 곽민규가 가까이 있다는 얘기이다. 정말 그랬다. 치맥 전문 호프집을 지나 뼈감자탕 가게에 이르자 그 안에 곽민규가 보였다. 텅 빈 가게 안, 곽민규는 혼자 술을 마시고 있었다.

'아빠!'

갑자기 코가 확 막혀왔다.

"후우웁!"

심호흡을 하고 가게 문을 열었다.

곽민규의 손이 소주병을 잡았다. 하지만 운비의 손이 더 빨랐다.

"……?"

소주병을 뺏긴 곽민규가 고개를 들었다.

"너?"

"몇 잔째죠?"

"응?"

"소주 몇 잔째냐고요?"

"그건 알아서 뭐 하게?"

"석 잔 이상 마시면 안 되니까 그러죠."

"……?"

"승우하고의 약속이잖아요? 딱 석 잔!"

"아, 니가 승우하고 친구라고 했지?"

"……"

"아무튼 수고했다. 알고 보니 니가 소야고를 결승전에 진출시킨 거나 다름없다고?"

"경기 보셨어요?"

"그럼."

"……"

"우리 아들도 투수였는데……."

"알아요."

"술병 이리 다오."

"그만 마시세요. 보아하니 석 잔 넘었어요."

"승우가 부탁하든? 아빠 만나면 술 석 잔 이상 못 먹게 하라고?"

"……."

"오늘은 괜찮다. 승우가 살아 있어도 잔소리 안 했을 거야."

"왜죠?"

"소야고가 전국대회 준우승을 했잖니? 네 공이 컸다지만."

"승우 덕분이에요."

"승우?"

"예!"

"우리 승우, 너처럼 빅 유닛이 되고 싶어했지. 엄마 아빠를 잘못 만나 땅콩 유닛이 되어버렸지만."

"엄마 아빠 잘못 만나지 않았어요."

"너야 그렇겠지. 아까 봤더니 네 아빠 차가 벤츠더구나."

"하지만 만물 트럭만은 못하죠."

"응?"

"최신 비데가 있는 집이지만 소야도의 바람 소리 들리는 화장실만 못하죠."

"응?"

"그분들이 아무리 잘해줘도 여름이면 당신과 함께 잠들던 해변의 찢어진 텐트만 못하죠."

"너……."

"진수성찬을 차려줘도 당신이 끓여주던 콩나물국과 삿갓조개 매운탕만은 못하죠."

"……."

"특급 호텔에서 최고의 요리를 먹어도 당신의 주특기인 자갈 삼겹살만은 못하다고요."

"……."

"기억하세요, 그날? 사고가 난……."

"……?"

"그날 엄마 꿈을 꾸었죠? 엄마가 말했죠? 이 게임기, 게임기를 승우에게 주면 소원이 이루어질 거라고."

운비가 게임기를 내밀었다.

"너……."

"내 말 잘 들어요. 승우는 그 꿈을 이뤘어요. 엄마가 수호천사가 되어 날아와 승우를 살려냈어요. 그래서 승우는 지금 빅 유닛이 되어 그 꿈을 향해 가고 있어요."

"대체……."

"믿을 수 없겠지요. 저도 믿지 못했으니까요. 하지만… 하지만 진짜 엄마가 왔어요. 당신 지갑 속에 간직한 유치원 소녀의 모습으로. 낡은 게임기에 마법을 걸고 사고 현장에서 저승 사자에게 끌려가는 승우를 구해서 이 몸에다 밀어 넣었어요."

운비는 자신의 가슴팍을 짚었다.

"……."

"아빠!"

"아빠?"

"내가 승우예요."

"……?

"증명해 드려요? 내가 승우라는 거. 미친 게 아니라 진짜라 는 거. 아빠의 이빨, 사랑니가 왼쪽 위에 하나만 남았지요? 아 랫니를 빼고는 사흘이나 몸살이 나서 끙끙 앓았죠? 그때 내 가 아빠를 위해 삿갓조개죽을 끓여주었어요. 그리고… 맥주 만 마시면 변비가 있죠? 섬을 돌며 장사를 하다 보니 밥을 제 때 못 먹어 위하수도 생겼고요. 엄지발가락 무좀은 나았나 요? 엄마 몸에서 나온 초록빛 담석은 아직도 가지고 있나요?"

"……!"

듣고 있던 곽민규가 벌떡 일어섰다.

"너……."

"그래요. 믿지 않아도 어쩔 수 없어요. 내가 승우예요. Slow and Steady. 기억하죠? 메이저리거의 명언도 아닌 그 말 을 하루에도 몇 번씩 곱씹는 승우라고요. 이번 협회장배에서도 시합 때마다 혼자 뇌고 또 뇌던 승우라고요."

"……."

"아빠……."

"진짜… 정말… 정녕… 네가 승우?"

"네. 몸은 황운비지만 마음은……."

"오, 마이 갓!"

"믿어주세요. 나 머리가 돌거나 잘못된 거 아니에요. 처음
부터 말하고 싶었는데… 아무도 믿어줄 것 같지 않아서…….
하지만, 하지만 아빠는 믿어줘야죠. 그래야죠."

"……."

"왜냐하면… 내가, 내가 아빠의 아들이니까."

"……."

"엄마의 게임기를 가져다준 게 아빠니까."

"그럼……."

"……."

"그래서 그때… 사체실에서 살아났을 때……."

"예."

"그래서 병원에서 내 병실에 들어와서……?"

"네."

"맙소사!"

"아빠!"

"네가 정말 승우?"

"아빠!"

운비가 곽민규의 품으로 파고들었다. 머리 하나가 더 큰 운비였지만 그런 건 문제가 되지 않았다. 곽민규의 품에서 운비는 소리 없는 눈물로 가슴팍을 적셔놓았다.

"그렇잖아도 아빠를 찾아갈 생각이었어. 나 이제 빅 유닛이 되었으니까. 나 이제 후보 선수가 아니니까. 나 이제… 메이저에도 당당하게 도전할 거니까."

"승우야……."

"28연패, 내가 끊었어. 전국대회 첫 승도 올렸고… 협회장배에서 승리투수도 세 번이나 먹었다고."

운비는 이제 말투도 승우를 닮아가고 있었다.

"오, 오, 하느님!"

"아빠에게 제일 먼저 말하고 싶었는데… 꾹 참았어. 믿어주지 않을 거 같아서."

"나는… 나는 그것도 모르고……."

"나 잘했지?"

"그래, 너무… 너무 잘했다. 그동안 마음고생도 심했을 텐데……."

"아빠……."

"눈물 뚝!"

"상 줘."

"상?"

"잊어버렸어? 내가 전국대회 1승을 올리면 초대물을 낚아서 회 떠주겠다던 말."

"너 진짜 승우 맞구나?"

"당연하지. 3승이니까 세 마리?"

"그래, 가자. 그렇잖아도 아빠를 뻥카로 생각하는 녀석인데."

"뻥카인 건 맞지, 뭐. 모든 섬 여인의 우상, 모든 포구의 대물 포인트 섭렵, 그런 거 다 뻥이잖아."

"상관없다. 네가 살아 있다니…… 몸은 다른 사람 것이니 절반이라도 해도… 절반이 어디냐?"

"운전할 수 있어?"

"당연하지. 딱 두 잔 마셨거든."

"다섯 잔 같은데?"

"원래 반 병 시킨 거야."

"정말?"

"그래. 너하고 한 약속은 지키려고."

"오케이. 그럼 얼른 가자. 세형이 녀석이 찾아올지도 몰라."

운비가 아빠를 끌었다. 둘은 만물 트럭에 올라 해안으로 나갔다. 운비는 세형에게 카톡을 남겼다. 세형이 방방 뛰었지만 자연산 회를 갖다 준다는 말로 달랬다.

그 밤, 아빠는 정말 대물 하나를 건져 올렸다. 50센티미터도 넘을 것 같은 광어였다. 아빠와 먹는 회 맛은 기가 막혔다. 승우의 땅콩 몸이었대도 빅 유닛이 될 것 같은 맛이었다.

입가심으로 자갈 삼겹살도 먹었다. 벌겋게 달아오른 자갈 위에서 기름이 쏙 빠진 삼겹살. 그걸 볶은 고추장에 찍어 먹는 맛은 천하일품이었다.

"이게 얼마나 먹고 싶었는데……."

회로 배를 채웠건만 양념 바른 삼겹살은 잘도 넘어갔다.

"고맙다."

먹는 걸 지켜보던 아빠가 입을 열었다.

"뭐가?"

"잘 먹어줘서."

"쳇! 별 게 다 고맙네."

"그리고… 살아 있어줘서."

"……."

"다 먹었으면 가라."

여기서 곽민규의 목소리가 변했다. 겨울 해풍처럼 차갑게 변한 것이다.

"아빠!"

놀란 운비가 고개를 들었다.

"네가 내 아들 승우라고?"

"응."

"거기까지만!"

"……?"

"네가 우리 승우하고 진짜 친하긴 했나 보다만 그렇다고 이렇게까지 나오면 곤란하지."

"아빠, 나는 장난이 아니고……."

"이 녀석이 정말!"

곽민규의 목소리에 새파란 날이 섰다.

"내가 승우 생각해서 대물하고 자갈 삼겹살 다 먹였다. 그러니까 더 이상 헛소리 말고 가거라. 아니면 그냥 안 둘 테니까."

"아빠……?"

"그게 영화냐? 만화냐? 너도 정신병자 야구 선수 소리 듣기 싫으면 다시는 입 밖에 내지 말거라."

"……."

"가봐."

곽민규의 손이 단호하게 도로를 가리켰다.

"나는……."

"너는 황운비다. 만약 니 안에 승우가 있다는 게 사실이라면 말이야, 그래도 승우는 알았을 거다. 자신이 어떻게 처신해야 하는지."

"……."

"가거라. 네가 한 말은 친구 아버지를 위로하기 위한 말로 알고 흘려버리겠다."

곽민규의 손은 여전히 도로를 가리킨 채 움직이지 않았다. 어쩔 수 없었다. 생각을 꺼내 보여줄 수도 없는 일. 간절한 마음에 쏟아놓기는 했지만 믿지 않는 곽민규를 탓할 수는 없었다.

"갈… 게요."

운비는 그 말과 함께 곽민규에게 큰절을 올렸다. 곽민규의 말에 따르겠다는 뜻이며 동시에 마음에 숨겨둔 아빠에 대한 안녕의 인사이기도 했다.

도로로 올라서는 운비의 등을 바람이 밀었다. 돌아보지 않았다. 돌아보는 얼굴이 승우가 아닌 다음에야 소용없을 일. 운비는 그대로 달렸다. 심장 가득 밀물이 들어온 것처럼 숨이 찰 때까지 운비는 쉬지 않고 뛰었다.

"억!"

운비가 멀어지자 곽민규가 그 자리에 무너졌다. 그는 가슴을 쥐어뜯으며 신음 소리를 냈다. 운비가 참고 있던 눈물이 곽민규의 눈에 맺혔다.

황운비가 한 말, 어쩌면 사실일지도 몰랐다. 아내가 나오는 꿈도 꾸었다. 하지만 기대지 않기로 했다. 설령 그게 사실이라고 해도 승우가 잘되기를 바란다면 이렇게 매듭짓는 게 좋았다.

'암!'

그게 아버지가 할 일이지.

곽민규는 피눈물을 삼키며 자신을 달랬다. 그 신음 위로 파도 소리가 밀려들었다.

우르릉!

쏴아아!

파도는 세상의 모든 소리를 덮어버렸다.

전국대회 준우승!

그건 많은 변화를 가져왔다. 후원회 지원금도 전보다 늘었고 장비도 보강되었다. 학교에서 선수들을 보는 시선도 달라졌다. 선수들은 그제야 야구의 재미를 알게 되었다. 가장 행복한 건 3학년들이었다. 거들떠보지도 않던 프로팀과 대학에서 손길을 내민 것이다. 프로야구 드래프트는 끝났기에 연습생 제의였다. 철욱과 용규는 이제 프로구단 연습생과 대학 진학을 선택할 수 있게 되었다. 박 감독이 자기 일처럼 연결한 결과였다.

운비도 그날 밤의 일을 잊었다. 곽민규의 말에 공감했다. 기왕에 이렇게 된 일, 두 얼굴로 살 수 있는 것도 아니다. 운비는 곽민규를 잊었다. 그만큼 황금석과 방규리에게 잘했다. 그들의 아들 운비로 돌아간 것이다. 황금석과 방규리에게 애교도 부렸다. 누나 윤서와도 스스럼없이 어울렸다. 거침없이 그녀의 방문을 열었고, 수영복 평가도 해주었다. 마음속에 남아 있던 승우의 그림자를 떨쳐낸 것이다. 그게 곽민규의 뜻일 것 같았다.

그렇다고 주변이 마냥 좋은 건 아니었다. 올해의 마지막 대회, 전국체전 출전을 꿈꾸고 있을 때 청천벽력 같은 일이 일어났다.

그 대사건을 처음 알게 된 건 운비와 세형, 형도와 순기였다. 어둠이 내린 저녁, 운비는 형도와 순기의 프리배팅을 돕고 있었다.

따악!

제대로 맞은 공 몇 개가 학교 건물까지 날아갔다.

"내가 주워올게."

운비가 학교 쪽으로 뛰었다. 공은 교장실 창을 가린 라일락 나무 아래 있었다. 교장실이 불빛으로 훤했다. 사택이 가까운 터라 교장은 늦게까지 업무를 보는 경우가 많았다. 공을 집는 운비의 귀에 교장의 목소리가 들려왔다.

"프로선수 출신 두 사람이 지원을 했습니다. 코치도 감독님이 공들인 사람과 함께 두 사람이 타진해 왔고요."

'프로선수 출신?'

돌아서던 운비가 걸음을 멈췄다. 교장실 소파에 앉은 박 감독이 보였다. 그리 밝은 표정이 아니었다.

"다행이군요. 올 사람이 없어서 걱정했는데……."

"이사장님께도 보고 드렸습니다."

"제 걱정은 마십시오. 3학년 애들 진로만 확정되면 내일이라도 그만두겠습니다."

'그만둬?'

박 감독의 말이 운비의 귀를 찔러왔다.

"그럼 이번 주 내로 정리하세요. 이번 기회에 우리 야구부도 쇄신이 필요하고……."

"알겠습니다."

박 감독이 일어섰다. 운비는 몸을 낮춰 연습장으로 뛰었다.

"왜 그래? 누가 공에 맞기라도 했어?"

하얗게 질린 운비를 보고 세형이 물었다.

"그게 아니고……."

"그럼 뭐? 싸가지 상실한 커플들이 쪽쪽 빠는 거라도 봤냐?"

"아니. 철웅이 형 어디 있지?"

"샤워실에 있을걸."

"알았어. 나 좀 다녀올게. 우리 아버지 오시면 먼저 좀 가시라고 전해줘."

"야, 운비야! 황운비!"

세형의 외침을 뒤로하고 또 뛰었다.

"……?"

알몸으로 비누칠을 하던 철욱이 샤워장에서 돌아보았다. 용규와 남재, 수찬과 덕배 등도 마찬가지였다.

"얌마, 매너 좀 지켜라. 넌 옷 입고 샤워하냐?"

덕배가 소리쳤다.

"그게 아니고… 형들, 큰일 났어."

"뭐가? 전국체전, 그냥 공비고가 나간대?"

공비고는 작년도 고등부 금메달리스트. 도 협회에서 고등부 대표로 밀어붙인다는 소문이 있는 차였다.

"그게 아니고… 박 감독님이 그만두려나 봐."

"……!"

선수들은 벌거벗은 채 할 말을 잃었다.

"무슨 소리야? 박 감독님이 그만두다니?"

덕배가 소리쳤다.

"감독 할 사람이 온 모양이구나."

철욱이 신음처럼 말했다. 철욱은 아는 게 있는 모양이다.

"……!"

벌거벗은 채 둘러선 선수들은 철욱의 설명을 듣고 아연실색했다. 그러니까 박 감독은 성적 부진의 책임을 지고 오래전에 사표를 낸 상태였다. 그러나 소야고의 형편을 아는 누구도 감독직에 지원하지 않았다. 코치도 없고 감독 대우도 형편없는 곳.

자칫하면 야구부가 없어질지도 모르는 곳이니 몸을 사린 것이다. 그래서 박 감독이 후임 감독이 올 때까지 지도하고 있는 차였다. 하지만 지난 대회에서 소야고가 파란을 일으키자 사정이 달라졌다.

"사실 감독님께서 내게 귀띔을 하셨다. 다만 너희가 동요할지 모르니 말하지 말라고."

철욱이 한숨을 내쉬었다.

"말도 안 돼. 그동안 못한 게 어떻게 감독님 탓이야? 우리가 실력이 없었던 거지."

수찬이 펄쩍 뛰었다.

"그래, 사실 박 감독님 같은 분 없지. 그분이 매년 우리 진로를 알아보려고 얼마나 고생한 줄 아시냐? 프로구단하고 대학야구팀 전부 찾아가 사정하고 다닌 분이야."

"아, 씨발, 그럼 우리가 막아야지. 우리가 준우승한 게 누구 덕분인데."

용규도 불뚝거리며 나섰다.

"생각은 하고 있었는데… 전격적이네. 우리가 결승에 올라서 그냥 넘어갈 걸로 생각했는데."

"형, 어떡해? 감독님 그냥 보낼 거야?"

운비가 철욱을 바라보았다. 박 감독은 운비에게도 각별한 사람이다. 다 거부하는 승우를 받아준 단 한 사람의 감독. 비록 곽민규의 읍소가 있었다지만 그게 전부는 아닐 터였다.

순간, 샤워실 문이 활짝 열렸다. 그리고 거짓말처럼 박 감독이 등장했다.

"감독님!"

놀란 용규가 소리쳤다. 박 감독은 선수들에게 다가와 타월을 안겨주었다.

"닦고 옷 입어라. 이것들이 배트 잘 치랬더니 엉뚱한 배트만 키워놨구나?"

"감독님……."

"뭐야? 아직도 준우승 감격에서 헤어나질 못한 거냐?"

감독은 눈빛을 맞춘 운비에게 핀잔을 주었다.

"그게 아니고……."

"아니면 뭐? 연습 끝났으면 집에 갈 것이지 설마 여기서 집단으로 아싸 가오리, 아싸 구루모 하고 있던 건 아니겠지?"

"예?"

"얌마, 그런 유머가 있어. 옛날 거지만."

"운비가 감독님 그만두신다는 거 들었답니다."

옷을 걸친 철욱이 돌직구를 날렸다.

"그래서? 무능한 감독 간다니까 축하식이라도 해주려고?"

"감독님……."

"짜식들아, 니들이 지금 누구 걱정하는 거야? 준우승 한 번 하니까 세상이 호락호락해 보이냐? 이번 준우승은 기적이야, 다음번 게임부터는 다른 팀들이 현미경 분석하고 달려들 거 몰라? 게다가 철욱이하고 용규도 졸업이고."

"그러니까 감독님이 떠나지 마셔야죠!"

덕배가 큰 소리로 끼어들었다.

"아, 저놈은 아주 안 끼는 데가 없다니까. 얌마, 그 에너지는 타격에다 써라. 응? 너도 이제 3학년 될 거잖아?"

"감독님……."

"눈빛들 봐라. 그렇게 헐렁해 가지고 전국체전 나가겠냐?"

"전국체전이요?"

철욱이 고개를 들었다.

"도 협회에서 공비고 내보낸다는 거 겨우 막았다. 제대로 예선 대비해서 금메달 따라. 그럼 정운이, 규섭이, 두호까지도 다 대학은 갈 수 있을 테니까."

"감독님이 함께 가시는 겁니까?"

"어쭈, 언제는 잘도 씹더니 나를 왜 찾냐? 전국체전은 새로

오실 감독님이 책임질 거다."

"예?"

"이종묵이라고 알지?"

"이종묵?"

선수들이 서로를 돌아보았다. 한때 투산의 1번을 책임지던 교타자이다. 국가 대표까지 지냈을 정도로 유명한 사람이다. 그러나 오래전에 음주 운전으로 폐지 할머니를 들이박아 프로를 떠난 사람.

"그 친구가 올 거다. 타격하고 수비 배우려면 입에서 단내 좀 날 거야."

"감독님……."

"그나마 너희 덕분에 팀 분위기가 살아난 다음에 가게 되어 고맙다. 성적만 봐서는 벌써 열 번도 더 잘렸을 텐데……."

"그러니까 더 저희랑 계셔야죠! 저희, 이제 막 야구가 재미있어졌다고요!"

덕배가 소리쳤다.

"미안하지만 난 능력 없다. 이번 준우승, 다 너희들 땀 덕분이지 난 한 게 없어."

"감독님!"

"게다가 너희 놈들 보는 것도 지긋지긋하고."

"감… 독… 님……."

"아, 짜식들이 무슨 신파 드라마 찍나. 얌마, 그래봤자 어차피 3년이야. 프로나 대학으로 가는 과정일 뿐이잖아? 괜히 입에 발린 말 하지 말고 빨리 가서 쉬어. 푹 쉬는 것도 훈련이라고 했지?"

박 감독은 선수들을 밖으로 몰아냈다.

"가라. 나도 마지막으로 때 좀 벗겨야겠다."

샤워실 문이 안에서 잠겼다.

쏴아아!

물소리가 새어 나왔다.

"주장!"

공터로 자리를 옮긴 덕배가 철웅을 바라보았다.

"어쩌겠냐? 이미 얘기 다 끝난 모양인데."

"아, 씨발, 졸업반이라고 관심 끄는 거야? 우리가 잘못한 걸 왜 감독님이 책임져야 하냐고? 맨날 지기만 한다고 코치도 안 붙여줘서 혼자 고생하셨는데. 박봉으로 걸핏하면 삼겹살도 쏘시고."

"그게 우리나라 꼰대들 방식이잖아?"

"난 인정 못 해. 나 교장님 집 찾아갈 거야. 박 감독님 자르면 나도 야구 그만둔다고 말할 거라고."

"덕배야!"

"운비야, 너도 가자. 니가 봉래고로 돌아간다고 하면 교장선생님도 별수 없을 거다. 솔직히 너 없고 철욱이 형 졸업하면 우린 다시 찌질이 팀이야."

"찌질이까지는……."

"갈 거야, 말 거야? 아무도 안 가면 나 혼자라도 갈 거야."

"덕배야."

고민하던 철욱이 덕배를 세웠다.

"왜?"

"애들 모아라."

"웅?"

"나도 마음 안 좋다. 봄부터 우리 진로 때문에 얼마나 고생하신 분인데……. 너희는 모르겠지만 프로팀이나 대학팀 찾아다니시느라 사비도 많이 쓰셨다. 아파트 빼도 전세금 반도 못 건져."

"그러니까 더 우리가 붙잡아야지."

"그러니까 빨리 애들 모으라고, 새끼야!"

"아, 알았어."

"같이 가, 형!"

달리는 덕배 뒤로 운비가 따라붙었다.

잠시 후 야구부원이 긴급 소집되었다. 철욱의 주재로 머리를 맞대었다.

삭발 투쟁!

눈물 읍소!

비리 신고!

세 가지 안건이 나왔다. 그중에서 비리 신고가 쟁점화 되었다. 선수들도 비리에 대해 알기 때문이다.

'요즘은 자칫하면 목 날아간다고 몸을 사리니 성의 표시도 장난 아니네.'

작은 선물을 하면서 학부모들이 농담처럼 한 말. 그걸 기억하는 선수가 한둘이 아니었다. 선수들은 부모에게 전화를 걸어 증거(?)를 수집했다. 준우승을 낳은 박 감독. 학부모들도 박 감독 편이었기에 증거는 쉽게 모였다.

증거는 넉넉했다. 교장은 원래 밝히는 사람이 아니었다. 그 자신이 재단 이사장의 조카인 까닭이다. 학교의 실세이니 아쉬울 것도 없었고, 나름 교육자 정신도 있어 야구부 후원금 같은 것도 착복하지 않았다. 하지만 잔정이 많았다. 그렇기에 선수 부모들이 보내는 작은 선물 같은 건 거절하지 않았다. 명절이 되면 한과도 받고, 더덕도 받고, 차 선물세트, 곶감 선물세트, 전통 명주 같은 걸 받았다. 최근의 생일에도 작은 성의를 접수했으니 문제를 만들 수 있었다.

"교장이 강요했습니다."

강제성.

이 말을 덧붙여 언론과 교육청 등에 퍼뜨리면 파장이 일어
날 것이다.

교장과의 담판 승부!

일단 사정을 해보고 안 되면 뇌물 리스트(?)를 공개한다고
배수의 진을 치는 것으로 정리가 되었다.

"안 좋아요."

다들 고조되어 있을 때 다른 의견을 낸 건 운비였다.

"안 좋다고?"

철욱이 고개를 들었다. 비장한 표정의 선수들이 운비를 바
라보았다.

"죽느냐, 사느냐?"

운비가 말문을 이어갔다. 곽민규가 종종 쓰던 말이다. 낙천
주의자인 곽민규는 일을 극단적으로 처리하지 않았다.

―죽느냐 사느냐가 아니라 같이 사느냐!

그의 처세는 그랬다. 나 살기 위해 상대에게 칼을 겨누면
언젠가는 그 부리가 내 쪽으로 향한다고 했다. 그렇기에 교장
의 아킬레스건은 건드리지 않는 게 좋았다. 이런 식의 항명은
교장에게 인격 살인이 될 수 있었다. 더구나 교장이 쪼아서
먹은 것도 아니고 학부모들이 정으로 갖다 준 선물. 설령 선
수들의 의견이 받아들여진다고 해도 차후 앙금으로 남을 일
이었다.

"그럼 어쩌자고?"

세형의 목소리 데시벨이 높아졌다.

"우리도 살고 감독님도 살고 교장선생님도 사는 길."

"그게 뭐냐고?"

"그건 바로……."

운비가 뒷말을 이어놓자 선수들의 등골에 짜릿한 전율이 스쳐 갔다. 아무도 반론을 제기하지 않았다. 침묵 속에서 눈빛만 초롱초롱 빛났다. 서로가 마음으로 통한다는 뜻이다.

"여기 구해 왔어."

밖으로 나간 오덕이 잠시 후에 돌아왔다. 물건을 확인한 철욱은 선수들을 이끌고 교장실로 향했다. 오덕과 두 명은 샤워실로 특파했다. 그들에게는 주장의 특명이 주어졌다.

교장은 잔무 정리를 마치고 일어서는 참이었다. 불을 끄려는 찰나, 철욱과 야구부원들이 줄지어 들어섰다.

"교장선생님께 경례!"

철욱을 필두로 선수들은 어느 때보다 우렁차게 경례를 올렸다.

"뭐지?"

"드릴 말씀이 있어서 왔습니다!"

"할 말?"

한마디를 남긴 철욱이 먼저 무릎을 꿇었다. 운비와 선수들이 일동 철욱의 뒤를 따랐다.

"무슨 짓이야?"

놀란 교장이 눈살을 찌푸렸다.

"교장선생님!"

철욱의 시선이 교장에게 향했다.

"저희는 박 감독님이 필요합니다. 그분 밑에서 배우게 해주십시오."

"박 감독님이 필요합니다!"

선수들이 철욱의 말을 받았다.

"뭐야?"

"부탁드립니다. 아니면 저희들 전부 여기서 꼼짝도 않겠습니다."

"강철욱!"

"함께 고생만 하신 분입니다. 저희가 부족해 죽만 쑤다가 이제 겨우 전국대회 4강에 올랐는데 그만두신다뇨? 제발 부탁드립니다."

"부탁드립니다!"

"박 감독이 시켰나?"

교장이 눈빛을 들었다.

"아닙니다. 감독님은 저희가 지금 구금 중입니다. 원하신다면 확인해도 좋습니다."

"구금?"

"저희들, 감독님 모시고 열심히 하겠습니다. 다른 어떤 감독님이 오시는 것보다 더 열심히 해서 좋은 성적 낼 테니 한 번만 기회를 주십시오."

"기회를 주십시오!"

"허어, 애들이……."

"이번 전국체전, 저희가 금메달 따겠습니다. 그때까지만이라도 지켜봐 주십시오."

"지켜봐 주십시오!"

"늦었다. 무슨 말을 들었는지 모르지만 감독 교체는 이미 결정된 일이야."

"교장선생님!"

"그만하고 나가보거라."

"못 합니다. 그러면 저희들, 여기서 죽겠습니다."

철욱이 형도와 순기에게 눈짓했다. 둘은 머리를 미는 바리깡을 꺼내 들고 앞으로 나왔다. 그런 다음 앞줄에 앉은 철욱과 운비에게 다가가 바리깡의 스위치를 눌렀다.

지지잉!

작은 모터가 돌기 시작했다. 바리깡은 그대로 철욱과 운비의 뒤통수를 파고들었다. 그 광경을 세형이 동영상으로 찍었다.

"그만두지 못해! 너도 핸드폰 치우고!"

놀란 교장이 형도와 순기를 밀어내며 소리쳤다.

"저희가 부족해 감독님 뜻을 따르지 못했습니다. 그러니 삭발을 해서라도 감독님을 지켜 드리려는 겁니다."

"강철욱!"

"부탁드립니다. 감독님에게도 저희에게도 한 번만 기회를 주십시오."

"기회를 주세요!"

선수들이 일동 고개를 들었다. 그 시선은 오롯이 교장을 겨누었다. 반은 물에 젖은 표정이다. 바닥에 떨어진 바리깡은 저혼자 지이잉 지이잉 울고 있었다.

"박 감독은 구금 중이라고?"

"예!"

"내가 봐야겠다."

잠시 후 선수들과 교장은 샤워실에 도착했다.

"……!"

샤워실 문짝을 본 교장은 입을 쩍 벌렸다. 그 앞이 철저하게 봉쇄되어 있었다. 책상과 각종 기구에 연습용 타이어까지 산더미처럼 쌓여 문을 막아버린 것이다. 그리고 안에서 박 감독의 아우성이 새어 나왔다.

"야, 누구야? 문 열어! 문 안 열어!"

쾅쾅!

문을 차고 밀지만 끄덕도 없는 샤워실 문. 그걸 본 교장의 눈빛이 살짝 무뎌지는 게 보였다.

"강철욱!"

"예!"

"기회를 달라고?"

"예!"

"전국체전 금메달 딴다고?"

"예!"

"좋아. 저거 치워라."

교장이 샤워실을 가리켰다.

"예?"

"박 감독이 동의하면 나도 동의하마!"

"와아아!"

교장의 말에 선수들이 함성을 질렀다.

"……!"

살짝 열린 문틈으로 밖을 내다본 감독은 돌연한 상황에 말을 잇지 못했다. 샤워실 앞에는 교장실의 풍경이 고스란히 재현되어 있었다. 다른 것은 선수들 뒤에 교장이 서 있다는 것뿐. 상황을 전해 들은 박 감독은 사면초가에 몰렸다. 철욱이 설명 뒤에 붙인 한마디 때문이다.

"저희들을 맡아주지 않으신다면 다시 샤워실 문을 막을 겁니다!"

"……"

"감독님!"

선수들이 일제히 고개를 조아렸다. 어깨를 들썩이며 우는 선수도 있었다.

"거, 웬만하면 받아들이세요. 박 감독 벗은 몰골도 보기 흉하고."

교장이 웃었다. 박 감독이 나체인 때문이다. 결국 샤워실 문이 열렸다. 박 감독이 옷을 걸치고 밖으로 나왔다.

"감독님!"

선수들이 감독에게 뛰어들었다.

"허어, 늙으면 결단력이 없어진다니까."

교장이 돌아서며 중얼거렸다. 운비는 보았다. 교장의 눈에 별빛이 서리는 걸.

"교장선생님!"

운비가 소리쳤다.

"왜?"

"고맙습니다! 사랑합니다!"

두 손을 머리 위로 올려 하트를 만들었다.

"사랑합니다!"

다른 선수들도 따라 했다.

"시끄럽고, 금메달이나 따라. 알았어?"

교장은 괜한 고함을 남기고 멀어졌다.

한 달, 소야고 선수들은 입에서 단내를 뿜었다. 박 감독을 위해 똘똘 뭉친 것이다. 뚜렷한 목표를 위해 질주하는 선수들은 달랐다. 누구도 꾀를 부리지 않았다.

치고, 던지고, 굴렀다.

철통 단결 속에서 바리깡으로 파인 운비와 철욱의 머리카락도 원상태로 돌아왔다.

전국체전 예선전이 벌어졌다. 원래는 공비고를 대표로 보내려던 도 야구협회. 소야고과 공비고의 단판 승부를 결정했다. 북인고가 불참을 선언한 까닭이다.

2관왕을 채운 공비고는 진검승부를 걸어왔다. 청소년 대표팀에서 복귀한 주전들을 선발에 포진시킨 것이다. 여름의 프로야구 드래프트에서 이대호와 박병학이 지명을 받은 상황. 쉽게 할 수도 있었지만 4관왕이라는 전무후무한 영예를 위해 선발로 출장시켰다.

'예선이 곧 결승.'

전례 없는 빅게임이 되었다. 공주구장에는 오랜만에 구름 관중이 몰렸다. 1, 3루 스탠드가 꽉 차버린 것이다.

황운비 vs 류길상!

두 팀은 각각 에이스를 선발로 내세웠다. 협회장배 결승의 연장판이었다. 불꽃 투수전은 6회에서 운명이 갈렸다. 운비의 실투에 원 에러가 겹치며 한 점을 내주자 이어진 공격에서 수 찬이 류길상의 변화구를 받아쳐 역전 투런 홈런을 날린 것이 다. 눈물 어린 한 방이었다.

2 대 1.

게임은 이 스코어로 마감되었다. 9회 초, 공비고의 마지막 공격에서 선두 타자가 중견수 앞 빗맞은 안타로 희망의 불씨 를 살려 나갔지만 이후 세 타자가 내리 범퇴를 당했다. 특히 마지막 타자는 3구 루킹 삼진. 그 공은 의표를 찌르는 체인지 업이었다.

공비고의 4관왕 꿈을 산발 5안타 1실점으로 무산시킨 운 비. 소야고에게 전국체전 충남대표 자격을 안기는 순간이었 다.

승리투수는 황운비.

이대호와 박병학의 예비 프로선수들에게 허용한 건 안타 하나뿐이었다.

공비고 우 감독은 비듬이 휘날리도록 머리를 긁었다. 몇 달 사이에 훌쩍 성장한 황운비. 그러나 아직도 1학년이다. 대체 얼마나 더 성장할지 짐작도 되지 않았다. 더구나 박 감독은 한때 대한민국을 호령하던 명투수 출신이 아닌가?

그동안은 허접한 선수들 중심이라 빛을 못 본 박 감독.

운비에게 그의 조련이 빛을 발한다면?

'으윽!'

벌써부터 내년 시즌이 끔찍해지고 있었다.

운비와 소야고 선수들은 3루 측에 자리한 모교 스탠드를 향해 경례를 올렸다. 그런 다음 일제히 모자를 집어 던지며 승리의 세리머니를 즐겼다. 이기는 맛을 배운 소야고. 다음 목표는 자명했다. 전국체전 고등부 금메달. 열여섯 팀이 자웅을 겨루는 시즌 마지막 대회를 소야고가 거머게 된 것이다.

나와라!

누구든지!

우리는 간다!

박 감독님의 명예를 지켜주기 위해!

철통 단결력으로 뭉친 소야고의 나인들은 거침없이 출격했다.

2. 금메달은 우리 것

유싱고 vs 상언고

설락고 vs 안산등산고

청제고 vs 제주일고

소야고 vs 충안고

울상공고 vs 군상상고

순청고 vs 마상고

경남고 vs 대정고

광주공고 vs 포항세철고

대진표가 나왔다. 총 16개 팀이 참가하는 전국체전 고등부. 이 대회는 다른 대회와 성격이 좀 달랐다. 우선 각 팀이 광역시도를 대표한다. 그러니까 서울도 한 팀만 출전하고 강원도나 제주도도 한 팀이 출전한다. 따라서 진정한 전국대회라고 보기는 어려웠다.

그렇다고 해도 우승은 우승. 웅비하려는 소야고에게는 좋은 계기가 될 수 있었다.

1회전 소야고의 상대는 서울의 강호 충안고였다. 협회장배 4강에 올랐던 강팀. 작년에는 대통령배 결승에도 나간 팀이다.

1회전을 통과하면 청제고와 제주일고의 승자와 만난다. 그다음은 유성고나 둥산고 중에서 결승전 파트너가 나올 공산이 컸다. 전국 4강권의 강자들이 네 팀이나 포진한 상황. 우승은 결코 호락호락한 일이 아니었다.

게임 일자도 빡빡했다. 1회전 첫날 첫 게임에 걸린 건 반갑지만 하루 쉬고 2차전, 거기에서 승리하면 결승까지 연일 게임을 해야 하는 살인적인 일정이었다. 그러니까 네 번을 이겨야 금메달을 목에 거는 것이다.

운비와 선수들은 쉬는 시간에도 상대 팀 선수들을 분석했다. 동영상을 보고 또 보았다.

"공부를 이렇게 했으면 서울대 갔겠다."

오죽하면 그런 말이 나올 정도였다. 성취감을 맛보았다는 건 정말 중요했다. 전국대회 준우승이라는 자부심은 큰 재산이었다. 거기에 더해진 동기부여. 선수들은 가을 단풍보다도 훨훨 타오르고 있었다.

더욱 고무적인 건 타격코치가 새로 부임해 왔다는 것이다. 부상으로 야구를 접은 북인고 출신의 전태영이 그 주인공이다. 고교 재학 당시 그는 타격 천재로 불렸다. 고교 통산 타율 0.449. 이영민 타격상을 거머쥐었다. 졸업과 동시에 메이저리그로 진출했지만 치명적인 십자인대 파열로 마이너리그를 전전하다 야구의 꿈을 접었다. 이후 프로구단 프런트에서 일하던 중에 현장 야구가 그리워 소야고 코치직을 지원한 것. 물론 비하인드 스토리가 있었으니 박 감독이 배후였다. 그를 두 번이나 찾아가 선수들의 지도를 청한 것이다.

점입가경!

그 사자성어가 딱 어울렸다.

타자들은 물 만난 고기가 되었다. 특히 첫날의 에피소드가 재미있었다. 지인인 현역 프로선수 둘을 대동한 전태영은 월요일 오후 내내 타격 특훈을 실시했다. 전국체전을 겨냥한 맞춤형 특타였다.

그에 앞서 스페셜 이벤트가 있었다. 전 코치가 프로야구 선수들과 운비의 즉석 대결을 주선한 것이다.

떠오르는 괴물투수 vs 현역 프로구단 타자들.

구미가 바짝 당기는 일이었다. 선수들은 옹기종기 모여 촉각을 곤두세웠다.

─운비가 이길까?

─안 될걸?

선수들은 두 패로 나뉘었다.

"영광입니다!"

붙임성 좋은 운비가 마운드에 올랐다. 1구는 아무 생각 없이 가운데다 꽂아버렸다. 142킬로를 찍은 포심이었다. 2구도 140을 올리며 파울이 되었다. 하지만 130킬로로 날아간 3구가 통타당하면서 홈런 펜스를 넘어갔다. 두 번째 프로선수 역시 안타를 뽑아냈다. 가운데로 몰린 포심을 당겨 중견수 안타를 만든 것이다.

역시 프로선수.

운비는 겸손하게 경의를 표했다.

이벤트가 끝나자 운동장에 활력이 돌았다. 자세 교정을 받은 수찬과 덕배가 방방 날았다. 프리배팅이지만 절반 가까이를 장타로 날려 보낸 것이다. 형도와 순기도 취약점을 보완했다. 특히 순기는 변화구 공포증을 극복하는 계기가 되었다.

프로선수들이 돌아간 후 박 감독이 운비에게 다가왔다.

"황운비."

"예!"

"프로선수 상대한 소감이 어떠냐?"

"더 많이 연구하고 공부해야 할 것 같습니다."

"그렇지?"

"예!"

"그런데… 왜 전력투구하지 않았냐?"

"예?"

박 감독의 말에 운비는 가슴이 출렁 내려앉았다.

"네가 던진 포심 말이야. 밋밋했거든. 체인지업이나 스플리터 같은 것도 안 썼고."

"그게……."

"몸이 덜 풀린 건 아닐 텐데?"

"……."

"괜찮아. 말해봐."

"말해도 됩니까?"

"당연하지."

"전력투구하지 않은 건 맞습니다."

"그러니까 왜?"

"만일… 이건 정말 만일이지만 혹시라도… 저 같은 애송이한테 삼진을 먹게 되면… 기분이 나빠져서 타격 지도를 제대로 안 해주실까 봐……."

"……!"

박 감독의 시선이 운비의 얼굴에서 멈췄다. 피가 얼어붙은 표정이다. 이미 팀의 분위기 메이커가 된 운비. 하지만 이 정도 깜냥일 줄은 알지 못한 박 감독이다.

'이놈은 대물이다.'

그 말을 목 안으로 넘기고 의례적인 말로 대신했다.

"그랬구나."

박 감독은 운비의 어깨를 톡톡 쳐주며 할 말을 이어놓았다.

"하지만 다음에 기회가 생기면 전력투구해서 삼진을 먹여라. 그것도 네 친구와 선배들에게 큰 자부심이 될 테니까."

"알겠습니다!"

운비는 목청껏 대답했다. 열일곱 어린 소년의 가슴이 후끈하게 데워졌다. 감독의 마음과 통하니 고마울 뿐이다.

그날 오후, 오덕이 놀라운 소식을 전했다. 운비의 라이징 패스트 볼의 최고 RPM을 측정해 온 것. 그의 아버지가 데이터 프로그램 전문가이기에 가능했다.

2,288.

데이터를 본 선수들은 입을 쩍 벌렸다. 프로야구 선수 평균보다도 높은 회전수였다. 물론 운비가 전력투구한 공을 표본으로 분석했기에 평균 회전은 아니었다. 그렇다고 해도 기가막힌 일이었다. 릴리스 포인트 역시 2미터를 훌쩍 넘었다. 프로야구 평균 1.82보다 높았다. 공이 위력적일 수밖에 없는 조건들이 데이터로 확인된 것이다.

"우어어, 언터처블!"

다들 신음을 낼 때 박 감독이 버럭 소리를 질렀다.

"연습 안 하지?"

선수들이 화들짝 놀라 운동장으로 나갔다.

"왕오덕!"

감독이 오덕을 불렀다.

"예?"

"이런 거 한 번만 더 하면 야구부 제명이다. 알겠나?"

"예……."

"그럴 시간 있으면 타격 연습. 알지?"

"예."

운비에게도 한마디가 떨어졌다.

"다른 거 신경 끄고 패스트 볼, 그리고……."

"기본자세!"

운비가 말을 받았다. 전 코치 덕분에 시간이 세이브된 박 감독은 투수 조련에 더 많은 시간을 투자하고 있었다. 그러나 운비에게 투자하는 건 기본에 관한 것뿐이었다.

기본, 기본, 기본.

온리 패스트 볼.

미끄러운 마운드에서도 한결같은 자세로 공을 뿌려라.

그렇게 되기 전에 다른 구종은 꿈도 꾸지 마라.

이제 귀에 못이 박힌 운비였다. 박 감독은 패스트 볼에 철 천지한이라도 맺힌 걸까?

'최고 회전이 2,288을 찍었다고?'

RPM이 위안이 되었다.

기왕이면 3,000은 찍어야지?

초여름, 류연진이 해준 말이었다. 그러나 막연하게 생각하던 RPM 3,000. 이 3,000은 이때부터 운비의 목표가 되고 말았다.

도전 RPM 3,000.

다짐 속에 밑줄이 쫙 들어갔다.

부욱!

찬란한 회전으로 날아간 공이 머리를 발딱 들며 철망을 강타했다.

철커덩!

화끈한 소리와 함께 전국체전 대비가 마무리되었다.

1차전이 열리기 전날, 소야고 야구팀은 학부모와 학생들의 열렬한 지지를 받으며 부산으로 향했다. 올해의 전국체전 개최지가 부산이었기 때문이다.

버스 안에서 운비는 게임기를 꺼내 들었다. 괜히 한번 On

스위치를 밀어보았다. 불은 들어오지 않았다.

끼룩끼룩!

삐빗삐빗 하는 작동음을 대신한 건 갈매기 소리였다. 옆자리의 세형이 잠을 깬 건 그때였다.

"아흠, 아직 멀었나?"

"다 왔다."

"또 그 게임기냐?"

"내 보물이시다."

"놀고 있네. 되지도 않는 개고물을 가지고."

"미친놈, 이거 되면 너도 메이저 간다."

"진짜?"

"침이나 좀 닦아라. 꿈에서 아이리 사토랑 만나기라도 했냐?"

"이제 아사카와 리나로 바꿨다."

"그새?"

"걔는 AV 아니고 그냥 아이돌이거든. 아이리 사토도 질렸어."

"차라리 손을 바꾸지 그래? 너 그렇게 엑기스 뽑아내면 키 안 큰다."

"놀고 있네. 이건 그냥 생리 현상이야. 난 너처럼 뒷구멍으로 호박씨 안 까거든."

"난 호박씨 본 적 없다."

"그래, 너 잘났다, 황운삐!"

아옹다옹하는 사이에 버스가 숙소 앞에 멈췄다. 마침내 부산이다.

1차전 상대는 협회장배 4강의 강호 충안고. 충안고는 너클볼을 위닝샷으로 장착한 투수로 소야고와 맞섰다. 운비와 전혀 다른 스타일로 맞불을 놓은 것이다. 그 전략은 먹혔다. 최고 구속 140킬로미터 중반을 찍는 광속구와 밍밍한 너클볼. 보기 드문 투수전이 펼쳐졌다.

7회까지 치열하던 승부는 덕배의 3루타로 운명이 갈렸다. 에러로 나간 1루 주자를 시원하게 불러들인 것.

1 대 0.

소야고가 승기를 잡았다. 마지막 백미는 운비가 4번 타자와 맞선 9회 말 투아웃이었다. 몸 쪽 포심 두 개가 먹히면서 유리한 카운트를 점령한 운비, 이날 최고 구속인 147킬로미터 '크네이구'로 승부를 매조지하고 말았다. 유인구 한두 개쯤 던지리라는 예상을 뒤엎은 초강공. 최고 회전의 RPM을 찍은 패스트볼이었다.

1 대 0 신승.

운비가 왼팔을 치켜들었다. 완투완봉으로 전국체전 승리투수에 이름을 올려놓는 운비였다.

경기를 마치고 나오던 운비의 눈이 스탠드에 꽂혔다. 거기에 그 노인이 있었다. 하얀 백발의 서양인. 그는 여전히 면티 하나를 걸친 채 뭔가를 열심히 적고 있었다.

2차전 선발은 철욱 대신 영길이 맡았다. 전격적이었다. 상대는 제주일고를 꺾고 올라온 청제고등학교. 다행스러운 건 청제고의 에이스 박기창이 1차전에서 8회까지 던졌다는 사실이다. 두 팀은 불꽃 난타전을 벌였다. 너클볼에 눌려 있던 소야고의 타선이 폭발한 것이다.

양쪽은 각각 세 명의 투수를 동원하며 물량전을 펼쳤다. 이 경기에서 보여준 소야고 선수들의 투혼은 비장 그 자체였다. 위협구도 피하지 않고 맞았고 공이 날아오면 몸으로라도 막아냈다. 눈부신 파이팅의 선봉은 철욱과 용규, 덕배가 이끌었다. 교장과 약속한 금메달을 위해 분골쇄신을 마다하지 않은 것이다.

접전의 마무리는 철욱이 맡았다. 벙구에 이어 등판한 철욱은 1과 3분의 2이닝을 무실점으로 틀어막으면서 8 대 6의 스코어를 지켜냈다. 소야고가 4강에 진출하는 순간이었다.

4강이 격돌하는 3차전!

운비가 마운드를 책임졌다. 이날의 상대는 다시 안산등산고였다. 설락고를 4 대 0 셧아웃 시킨 등산고는 운비를 벼르고 있었다. 협회장배의 굴욕을 씻으려는 것.

운비는 포심에 더해 속도를 가감한 포심을 주로 구사하며 7회까지 마운드를 지켰다. 6회 몸에 맞는 볼로 주자를 내보낸 후 실투로 얻어맞은 2루타에 의한 한 점이 실점의 전부였다. 스코어는 3 대 1. 이후 이닝은 민재와 병구가 2점을 지켜내며 결승행을 안겼다. 운비는 2승을 챙겼다.

오후에 결승 파트너가 정해졌다. 포항세철고를 난타전 끝에 누르고 올라온 군상상고와 결승 자웅을 겨루게 된 것이다.

특타가 시작되었다.

예상되는 선발은 국내 최고 언더드로로 불리는 장병현. 사이드로 빠지는 변화구를 주 무기로 이번 대회에서 2승을 거머쥔 에이스였다.

"타석 앞에서 공략한다!"

"바깥쪽은 크로스 스탠스로 타격한다!"

"타석에 바짝 붙어서 친다!"

전 코치의 호령이 하늘에 울려 퍼졌다. 특타는 밤이 깊어서야 끝이 났다. 단내가 났지만 누구 하나 불평하지 않았다. 결승전, 모두의 가슴에 금메달이 밤하늘의 달 대신 뜬 까닭이다.

"일찍 자라. 잘 자는 것도 좋은 선수가 되는 길의 하나니까."

박 감독의 엄명이 떨어졌다.

방으로 돌아온 운비는 군상상고 타자들의 기록을 살폈다. 어느 정도 입력이 되자 게임기를 꺼내 들었다. 한 방을 쓰는 세형과 형도, 순기가 다가왔다.

"그거 네 수호신이지?"

순기가 물었다.

"응? 응⋯⋯."

"어쩐지. 나도 한번 만져봐도 되냐? 기 좀 받게."

"그래."

게임기를 순기에게 넘겨주었다. 2차전 8회에 대타로 나와 안타를 때려낸 순기. 게임기를 가슴에 품더니 여자라도 품은 양 눈까지 감고 심호흡을 했다.

그사이에 핸드폰을 보았다.

—우리 운비 알라뷰!

—푹 자고 내일 꼭 금메달 따.

카톡에 들어온 윤서의 응원 글. 방규리와 황금석의 격려도 반짝반짝 빛났다.

—누나도 피부를 위해 일찍 자.

—엄마 아빠, 잘할게요.

답글을 남기고 일찌감치 불을 껐다. 좋은 컨디션을 위해서였다. 감은 눈 속에 금메달이 아른거렸다. 잠이 오지 않았다.

"세형아."

"왜?"

"안 자지?"

"씨발, 안 자니까 대답하지."

"우리 꿈꾸는 거 아니지?"

"꿈?"

세형이 벌떡 일어나 앉았다.

"왜?"

운비가 물었다.

"네가 그 말하니까 꿈같잖아? 우리 진짜 결승전 올라간 거 맞냐? 그것도 한 번도 아니고 두 번이나?"

"미트로 한 대 패볼까?"

"야!"

"귀 따가운 거 보니까 현실 맞네. 자자."

"아, 씨발, 막 잠들려는 사람 깨워놓고……."

"넌 야동 보면 잘 자잖아."

"됐네. 내일 결승전에 부정 타."

"주제에 징크스냐?"

"씨발, 유명한 선수들도 징크스는 다 있거든. 너도 징크스 때문에 게임기하고 손수건 만지작거리는 거 아니야?"

"손수건도 봤냐?"

"씨발, 난 또 다은이가 준 줄 알았지. 물어봤더니 아니라더만."

"니 팔찌나 잘 간직해라."

"아, 미애가 뽀뽀라도 한번 해주면 힘이 막 날 텐데."

"겨우 뽀뽀?"

"그럼 가슴 정도?"

"겨우 가슴?"

"미치겠네. 자꾸 부정 타게 굴래?"

"자자!"

운비가 이불을 당겼다. 그 안에서 게임기를 더듬었다. 깜깜한 어둠 속에서도 게임기는 말이 없었다. On과 Off를 누르다 잠이 들었다.

결승전의 날이 밝았다.

"철욱아!"

결승 경기가 시작되기 직전 박 감독이 철욱을 불렀다. 연습구를 뿌리던 철욱이 다가갔다. 박 감독이 그의 어깨를 짚었다.

"무능한 감독 만나 고생 많았다."

"감독님……."

"3년 동안 너는 우리 소야고의 에이스였다."

"……."

"내 모가지하고는 상관없다."

"……."

"운비 짐을 덜어주려면 네가 진정한 캡틴이라는 걸 증명해
줘야겠다."

감독의 한마디로 선발투수가 정해졌다. 선발은 강철욱. 운
비가 어제 7이닝을 던졌기에 정해진 수순이기도 했지만, 운비
가 없는 동안 소야고 마운드의 핵이던 철욱의 자부심을 살려
준 것이다.

"죽도록 던져보겠습니다."

철욱이 대답했다.

군상상고의 선발은 예상대로 장병현이었다. 그 역시 어제
준결승에서 6이닝을 던진 상황. 그러나 에이스였기에 마지막
게임을 책임지게 되었다. 군상상고는 이번 대회에서 방망이까
지 좋았다. 대회 팀 타율이 무려 2할 9푼. 12 대 1 콜드게임까
지 기록한 강타선이다.

'할 수 있어.'

글러브를 챙긴 철욱이 결의를 다졌다. 늘 두렵기만 하던 마
운드. 하지만 이제는 두렵지 않았다. 몸으로 막는 것도 두려
워 않는 내, 외야수들이 있는 것이다.

"용규 형!"

철욱이 선발이니 포수는 용규이다. 장비 장착을 도와주던
세형이 눈살을 찌푸렸다.

"왜?"

"빤쓰 안 갈아입었지?"

"봤냐?"

"아, 씨발! 이거 부산에 오던 날 입은 거 아니야?"

"새끼야, 조용히 해. 이거 내 징크스거든."

"징크스?"

"저번 결승 때 깜박 잊고 빤쓰 갈아입고 갔다가 깨졌잖냐?
오늘은 우리가 우승 먹을 거다. 그래야 감독님 안 잘리지."

"형이 언제 우승해 봤다고……."

"씨발 놈아, 초등학교 때는 두 번이나 우승했어."

"그럼 그때?"

"오냐, 오늘 우리가 우승하면 내 빤쓰에 절해라. 알았어?"

용규가 미트로 세형의 어깨를 후려쳤다. 3년 내내 우승에
목말랐던 용규. 그 역시 고교 시절의 마지막 게임에 전의를 불
태우고 있었다.

"야, 황운비."

세형이 글러브를 닦는 운비를 불렀다.

"왜?"

"너도 나 모르는 징크스 있냐?"

"있지."

"뭔데?"

"이거."

운비가 꺼낸 건 고흐의 손수건이었다.

"이걸 보면 왠지 가슴이 뜨끈해지거든. 맷 무어처럼."

"맷 무어? 메이저 투수?"

"오냐. 무어는 헤비메탈을 듣는 게 징크스인데 음악을 들으면 심장이 뜨거워져서 승부사 기질이 생긴다고 하더라."

"그런 거 말고 먹는 걸로 징크스 가진 선수는 없냐?"

"왜 없어? LA 다저스의 커쇼가 있잖냐? 경기 전에 칠면조 샌드위치를 먹으면 승리투수가 된다고 하던데?"

"그럼 나도 다음부터 샌드위치 먹을 거야."

"우선은 철욱이 형 응원이나 해라. 완봉하라고."

"알았어. 화이또!"

세형은 두 주먹을 쥐고 소녀처럼 애교를 떨었다. AV 배우에게 배운 포즈인 모양이다.

"운비야!"

스탠드에서 윤서가 손을 흔들었다. 황금석과 방규리도 그물망 앞까지 내려왔다. 두 손을 들어 답례했다. 어제의 투구 때문인지, 결승의 설렘 때문인지 몸이 약간 피곤했다. 하지만 그리 대단치는 않았다.

오랜만에 단체 응원을 온 재학생들, 그리고 동문들. 여기저기 흔들리는 〈언터처블 황운비〉, 〈절대마구 크레이지 스네이크〉, 〈초우주급 투수 황운비 퍼펙트게임〉 등의 피켓이 보였다. 무생물인 피켓이 운비의 가슴을 뜨겁게 만들었다.

고맙습니다.

운비는 후끈해진 가슴으로 돌아섰다.

'금메달.'

운비의 머리에는 황금빛뿐이었다.

"가자!"

철욱이 마운드를 차지하고 소리쳤다.

"가자! 가자!"

운비가 우익수 자리에서 받아쳤다. 소리는 돌고 돌아 홈의 용규에게 이르렀다. 그가 마스크를 눌러씀으로써 운명의 결승전이 시작되었다.

'후우!'

심호흡을 한 철욱의 초구가 날아갔다.

펑!

초구는 타자 헬멧 높이에서 잡혔다. 또다시 초반 징크스일까 싶었지만 아니었다. 졸업을 앞둔 마지막 등판. 철욱은 사력을 다했다. 게임당 평균 6점을 뽑고 올라온 불꽃 타격의 팀 군상상고의 스코어보드에 '0' 이외의 숫자를 허용하지 않은 것이다.

슬라이더가 기가 막히게 긁혔다. 간간이 들어가는 커브의 각도 좋았고 의표를 찌르는 포심도 괜찮았다. 철욱은 알고 있었다. 자그마치 결승전. 그 자신이 무너지면 모든 게 어려워진다는 것을. 어제 7이닝을 던진 운비의 짐을 덜어주고 싶었다. 결승까지 견인한 그 어깨에 휴식을 주고 싶었다. 게다가 3년을 마무리하는 시간. 결승에 선 이 자리가 죽도록 행복한 철욱이다.

에이스!

철욱은 그 이름값을 증명했다. 비록 만년 하위 소야고이지만 에이스는 다르다는 걸.

강철욱 vs 장병현.

3년간의 기록만으로 보면 철욱은 병현과 맞장을 뜰 클래스가 아니었다. 같은 3학년이지만 병현은 전국대회 본선에서도 6승을 건졌다. 예선까지 포함하면 10승 이상을 거둔 수준급 투수. 순위는 낮지만 프로구단의 지명도 받은 터였다.

그건 허명이 아니었다. 장병현의 공은 마치 채찍처럼 보였다. 직구는 솟아오르고 변화구는 미꾸라지처럼 빠졌다. 운비의 라이징 패스트 볼과는 또 달라 타자들이 헤맸다. 좀처럼 타격 타이밍을 잡지 못했다.

4회 말, 1안타의 빈공에 시달리던 소야고에 빛이 보였다. 운비가 시발이었다. 타조의 신성시력으로 궤적을 보던 운비, 10구까지 가는 실랑이 끝에 받아친 공이 우익수 호수비에 막혀 잡혔다. 그래도 부수적인 효과가 있었다. 진이 빠진 장병현이 실투를 한 것이다. 철욱이 몸에 맞는 공으로 출루를 했다.

타석에 4번 타자 백수찬이 들어섰다. 전 타석에서 투수 옆으로 빠지는 첫 안타를 치며 타격감을 조율한 수찬. 차분하게 공을 골라 투 볼을 만들었다.

'직구 찬스.'

수찬은 장병현에게서 눈을 떼지 않았다. 슬라이더와 커브가 조금씩 높고 낮았으니 볼카운트를 조절할 타이밍이었다. 하지만 다시 슬라이더가 들어왔다. 의표를 찌른 공 배합이지만 그 또한 공 하나가 낮았다.

'이번에는……'

수찬의 눈동자가 독수리의 그것처럼 번득였다. 그리고 마침내 기다리던 직구가 들어왔다.

빠악!

소리와 함께 공이 훌쩍 멀어졌다.

"홈런!"

소야고 스탠드가 열광했다. 공은 쭉쭉 날아갔다. 우익수가 따라와 손을 뻗어보지만 간발의 차로 펜스를 넘었다. 투런 홈런이었다. 체전 두 번째 작렬한 홈런. 수찬은 주먹을 돌리며 3루를 돌았다. 박수가 쏟아졌다. 더그아웃으로 들어온 수찬은 선수들과 손을 마주치며 기염을 토했다.

스코어 2 대 0.

소야고 벤치와 더그아웃이 후끈 달아올랐다.

이어 나온 덕배도 몸에 맞는 공으로 살아 나갔다. 군상상고 벤치는 결국 투수를 교체하고 말았다. 골치 아픈 언더핸드 투수 강판에 성공한 소야고였다.

5회 초에 불안한 조짐이 왔다. 잘나가던 철욱이 흔들린 것이다. 심판이 스트라이크존에 걸친 공 두 개를 연속적으로 외면한 게 발단이 되었다. 상대방 포수인 6번이 볼넷으로 나갔다. 7번은 스퀴즈 동작을 펼쳤다. 주자의 리드도 약간 길었다. 내야가 약간 전진했다. 여기서 타자가 친 공이 3루수 강습으로 굴절되면서 펜스 쪽으로 굴렀다. 주자가 졸지에 1, 3루가 되었다.

"편하게 던져라. 이기고 있는 건 우리야."

박 감독이 올라가 철욱을 안정시켰다. 어깨를 두드려 주었지만 효과가 없었다. 이어진 8번 타자와의 볼카운트 실랑이. 슬라이더를 위닝샷으로 던졌지만 심판 손이 올라가지 않았다. 야속한 볼넷이다.

노아웃 만루.

한번 흔들리면 걷잡을 수 없는 것. 그게 바로 고교야구였다. 투수를 교체했다. 몸을 풀던 영길이 나왔다. 9번 타자가 변화구에 약하기 때문이다. 3루수가 아웃되고 그 자리에 철욱이 들어갔다.

심호흡을 한 영길, 초구 스트라이크는 잘 잡았다. 하지만 2구로 던진 커브의 브레이크가 듣지 않으면서 공이 포수 뒤로 빠졌다. 주자들이 일제히 뛰었다. 한 점을 헌납하며 다시 2, 3루. 땅볼을 유도한 4구에 타자 방망이가 나왔다. 공이 투수 앞으로 날아왔다. 당황한 영길이 미처 수비 동작을 취하지 못한 탓에 공을 더듬었다. 주자를 살려주고 말았다.

"아!"

소야고 더그아웃에서 탄식이 쏟아져 나왔다. 다시 베이스를 채운 것. 대역전의 기회가 계속되고 있었다.

"와아아!"

1번 타자가 나오자 군상상고 스탠드가 끓어올랐다. 이번 대회 리딩 히터로 등극한 1번. 4번보다 무서운 1번이었다. 앞선 타석에서도 2루타를 쳤고 어제까지 11타수 7안타에 홈런도 하나 기록한 타자였다. 베이스가 꽉 찼으니 거를 수도 없는 상황.

"황운비! 황운비!"

소야고 응원단이 운비를 연호하기 시작했다.

박 감독은 고민했다. 어제 던진 운비이다. 그렇기에 다른 투수들이 6회까지만 막아주기를 바랐다. 그런 다음 7회쯤 올려서 경기를 매조지할 생각이었다. 하지만 틀어져 버렸다. 어느새 소야고의 수호신이 되어버린 운비. 지금 내, 외야수들에게 필요한 투수는 운비였다. 우익수 자리에서 운비가 손을 흔들었다. 가슴을 두드리고 있다.

던지게 해주세요.

던지게 해주세요.

"타임!"

박 감독이 결국 타임을 불렀다. 그 자신도 고교 시절 명성을 날리던 박 감독. 거의 모든 경기를 책임질 정도로 혹사에 시달렸다. 그로 인해 결국 프로에서 탈이 나버린 박철호.

'어제 투구 수 72개……'

운비에 대해 메모해 둔 수첩을 보았다. 거기에는 놀라운 기록이 있었다. 연투한 다음에 등판한 기록이다. 그때, 마운드에선 운비의 구위에는 문제가 없었다. 어깨가 싱싱해서 그런가? 놀라운 일이었지만 내색하지 않은 박 감독. 한 번 더 그 희망에 기대보기로 했다.

"소야고 투수 교체. 구영길 물러나고 투수 황운비. 황―운―비."

박 감독이 마운드에 오른 운비를 바라보았다.

"미안하다."

"예!"

"바뀐 투수를 흔들기 위해 주자들 모션이 커질 것이다. 신경 끄고 타자하고만 승부해라."

"예."

공을 넘겨받았다. 이때까지도 운비에게는 피로감이 남아 있었다. 하지만 마운드에 서자 이내 어깨에 불이 들어왔다. 아슴아슴한 광채가 흐르는 팔, 그리고 어깨. 그 기운이 심장에 이르렀다고 느껴졌을 때, 피로감은 씻은 듯이 사라지고 없었다. 기적의 체력 회복력이 작동한 것이다.

'엄마……'

홈 플레이트에 아른거리는 수호령이 보였다. 매직 존은 다른 때보다 더욱 선명하게 섰다.

고마워요.

운비가 속삭였다.

힘내.

수호령이 대답하는 것 같았다. 손을 흔드는 것 같았다. 고개를 스탠드로 돌렸다. 윤서가 보인다. 아예 자리에서 일어나 피켓을 흔들고 있다.

힘내.

그녀도 온몸으로 말하고 있었다. 그뿐만이 아니었다. 평소 감정 표현을 잘 하지 않는 황금석과 방규리도 두 손을 흔들어주었다.

힘내.

힘내.

들렸다. 온갖 곳에서 노도처럼 들렸다. 마운드가, 그라운드
가 온통 운비 편을 들고 있었다.

두 번째 결승.

협회장배 때보다는 여유가 생겼다. 경험이 뭔지, 관록이 뭔
지 어렴풋이 느껴졌다. 역시 해본 것과 안 해본 것엔 많은 차
이가 있었다.

뻥!

연습구가 날아갔다. 그라운드를 울리는 우렁찬 소리이다.

"감독님!"

전 코치가 박 감독을 바라보았다.

"왜?"

"저 자식 볼 좀 보세요. 어제 7회까지 던진 놈 같지가 않습
니다."

"에이스잖아."

"……."

"내가 본 중에 저놈이 최고거든."

"……."

"에이스의 이름값을 아는 놈이지."

"……"

"그래서 더 저 팔을 지켜줘야 하는데……"

박 감독의 목소리에는 애정과 미안함이 함께 담겨 있었다. 고교야구의 한계였다. 한 팀에 우수한 투수 두 명 거느리기가 하늘의 별 따기인 것이다.

휘이잉!

바람이 내야에서 외야로 불어갔다. 운비는 왼쪽 타석에 선 타자를 노려보았다. 1, 4, 7번의 몸 쪽 존을 중심으로 콜드 존이 이글거리고 있었다. 3루의 철욱을 바라보았다. 고등학교에서의 마지막 게임이라 그런지 엄숙해 보였다. 승우에게도 운비에게도 멋진 선배이던 철욱. 3년 내내 묵묵히 자기 책임을 다해온 철욱. 그를 생각하며 천천히 오른발을 들었다.

철욱이 형, 수고했어.

이제 뒤는 내게 맡겨.

마지막 등판한 형, 졸업 선물을 줄게.

금메달이라는 선물.

박 감독님을 위해서도

그분을 위해서도.

타자를 보았다. 한 점도 주지 말아야 했다. 아니, 혹시 준다면 한 점 정도로 막아야 했다.

'1번 타자 권민호.'

상대의 기록을 상기했다. 밀어 치기에 능한 좌타자였다. 그가 이 대회에서 뽑아낸 7개의 안타 중에 다섯 개가 그랬다. 아웃코스로 던지면 2루와 3루로 날아갈 확률이 컸다. 잘하면 병살도 이끌어낼 수 있었다.

"와아앗!"

운비의 초구가 아웃코스로 날아갔다.

뻐억!

6번 존에 걸치는 공, 미트에 꽂히는 소리는 가죽을 찢어버릴 기세였다. 용규는 미트를 뻗은 채 팔을 접지 못했다. 미트에 들어온 공은 무려 146킬로미터. 구속보다 묵직한 느낌 때문인지 팔목 관절에 금이 갈 것만 같았다.

"스뚜악!"

"와아아!"

심판의 콜을 따라 3루 스탠드가 열광했다. 1번 타자의 얼굴에 서늘함이 스쳐 갔다. 하지만 운비는 긴장을 풀지 않았다. 그는 공이 코앞에 올 때까지 공을 보고 있었다. 짧게 잡은 방망이. 같은 코스로 날아가면 안타를 맞을 공산이 컸다.

"운비야, 삼진 먹여!"

"삼진! 삼진!"

세형과 병일, 기봉 등이 손나팔을 하고 외쳤다.

원낫씽.

몸 쪽 포심 사인을 냈다. 배팅 타이밍을 흔들 필요가 있었다. 퀵 모션을 취한 운비의 공이 다시 날아갔다. 타자의 배트도 함께 돌았다. 몸 쪽 높은 공이었지만 타자가 속았다. 소야고의 진짜 에이스라는 무게감 탓이다.

공 하나는 바깥 낮은 쪽으로 버렸다. 그리고 몸 쪽 스트라이크존을 겨눈 운비의 결정구가 날아갔다.

쾅!

공이 폭발음을 내며 미트에 꽂혔다. 죽기 살기로 돌아간 타자의 방망이는 헛스윙에 머물렀다. 스트라이크아웃. 운비의 승리였다.

"와아아!"

"황운비! 황운비!"

스탠드의 응원은 흘러들었다. 이제 고작 원아웃이다. 2번 타자는 1번과 달리 몸 쪽에 강한 선수였다. 턱으로도 알 수 있었다. 그의 턱이 살짝 빠져 있다. 게다가 운비 쪽으로 벌어진 어깨. 인코스를 노린다는 반증이다. 그렇다면 철저히 바깥쪽이다. 용규 역시 그걸 알았다. 1루수와 2루수의 수비를 좁혔다. 그렇게 하면 우타자가 바깥쪽 공을 밀어 친다고 해도 공을 잡을 확률이 높았다.

운비는 투심과 포심을 섞어 바깥쪽을 공략했다. 하나는 스트라이크, 하나는 볼 판정을 받았다. 3구는 안쪽 높은 공으로 시선을 흩어보았다.

빠악!

배트가 돌았다. 파울이 나왔다. 확실하게 인코스를 노린다는 방증이다.

'바깥쪽.'

4구는 강속구 포심을 아웃코스로 뺐다. 볼이 되었다. 볼카운트가 불리해지자 타자가 타격 자세를 중립으로 고쳤다. 바깥쪽도 노리겠다는 의미이다.

'당겨 치는 타자가 밀어 치시겠다?'

운비도 바라던 바다. 슬쩍 1루를 바라본 운비는 투심을 먹이로 던졌다. 스피드가 떨어진 공이 들어오자 타자의 방망이가 돌았다.

따악!

공은 내야를 튕기고 유격수 앞으로 향했다.

'걸렸다.'

운비는 주먹을 불끈 쥐었다.

"더블플레이!"

더그아웃의 세형이 외쳤다. 두 발 정도 뛰어나온 진태가 공을 잡았다. 직전에 에러를 한 진태. 그렇기에 보는 사람들 마음이 조마조마한 순간이다.

'제발……'

학부형들의 바람과 함께 진태가 송구 동작에 들어갔다. 2루수에게 공을 넘겨 포스아웃. 공은 다시 1루로 날아갔다.

"아웃!"

1루심의 손이 올라갔다.

"와아아!"

소야고의 내, 외야가 펄쩍 뛰었다. 만루를 무산시킨 것이다. 운비는 정작 담담하게 걸었다. 위기는 넘겼지만 스코어는 2 대 1로 좁혀져 있었다.

장병현 대신 들어온 군상상고의 사이드암 투수는 안타를 얻어맞으면서도 잘 버텼다. 연타를 허용하지 않는 덕분이다. 점수는 한 점 차, 그건 투수의 피를 말리는 점수였다.

7회가 되었다.

운비는 세 개의 삼진을 솎아내며 희망을 이어갔다. 바로 그 7회 말에 추가 득점의 발판이 마련되었다. 영길이 대신 들어온 경모가 득점에 시동을 건 것이다. 유격수가 땅볼 타구를 잡아 역모션으로 뿌리자 경모가 슬라이딩으로 1루에 들어갔다.

"세잎!"

심판의 팔이 날개를 펼쳤다. 필사적인 파이팅. 소야고의 나인들은 오늘도 몸을 사리지 않았다.

타석에 형도가 들어섰다. 여름이 지나면서 슬슬 상승세를 보이고 있는 형도. 이번 대회에서도 매 게임 안타를 날린 차다. 처음에는 불리했다. 투낫씽을 먹은 것. 그러나 파울 두 개를 섞어가며 볼을 골라내 쓰리 앤 투로 카운트를 뒤집었다. 그리고 위닝샷으로 들어온 바깥쪽 살짝 높은 공, 그 공을 제대로 받아쳤다.

빠악!

소리와 함께 중견수를 오버했다. 공은 펜스까지 굴러갔다. 겁을 상실한 형도가 감히 2루타를 날리는 순간이었다.

"와아아!"

함성과 함께 2루에 안착한 형도가 주먹을 불끈 쥐었다. 깔끔한 득점타였다.

"운비야, 힘들겠지만 2이닝만 막아줘."

회가 끝나자 형도가 운비에게 말했다. 그 목소리는 젖어 있었다. 승우 못지않게 서러운 선수 생활을 한 형도. 얼마나 금메달을 갈망하는지 알 것 같았다.

3 대 1.

두 점 차의 스코어를 등에 업고 마운드에 선 운비. 8회를 삼진 두 개를 섞어 삼자범퇴를 시키며 무력시위를 했다. 어깨는 제대로 풀렸다. 구속은 거푸 145~146킬로미터를 찍었다. 타자들은 무브먼트를 일으키는 듯한 포심 앞에서 분루를 삼켰다. 심지어 세이프티번트도 통하지 않았다.

마지막 9회 초, 운비가 마운드를 향해 걸었다.

"황운비! 황운비!"

소야고 스탠드가 들썩거렸다. 응원단은 거의 다 일어나 있었다. 금메달까지 남은 아웃 카운트는 단 세 개. 그 세 개의 강을 운비가 넘어주기를 그들은 갈망했다.

군상상고의 타순은 나쁘지 않았다. 3번부터 출격이었다.

'상관없어. 4번 타자가 세 번 나온다고 해도.'

1구가 날아갔다. 타자 무릎의 9번 존에 걸치는 포심이었다. 타자는 꼼짝도 하지 못했다. 2구도 같은 자리에 쑤셔 박았다. 조금 높았다. 같은 코스로 날아오자 방망이가 나왔다.

따악!

소리와 함께 진태가 몸을 날렸지만 공은 2루와 3루 사이를 빠져나갔다. 운비가 출루 시킨 첫 타자였다.

"홈런! 홈런!"

응원단의 함성을 등에 업고 4번 타자가 들어왔다. 그는 몸쪽 공을 노리고 있었다. 왼쪽 어깨가 운비를 향해 벌어져 있었다.

박 감독이 수비를 이동시켰다. 좌익수의 수비를 펜스 가까이 옮겼다. 장타를 우려하는 조치였다. 첫 구는 커브로 간을 봤다. 브레이크가 듣지 않으며 볼이 되었다. 2구는 포심으로 아웃코스에 욱여넣었다. 다행히 존에 걸치며 스트라이크가 되었다. 3구는 죽어라 실밥을 긁었다. 방망이가 나왔지만 헛돌아 투 스트라이크를 잡았다.

'바깥에 하나 더?'

용규 사인이 왔다.

'아니.'

운비가 고개를 저었다.

'그럼?'

'몸 쪽 체인지업.'

'......!'

운비의 배짱에 용규는 모골이 송연해졌다. 몸 쪽을 노리는 타자에게 몸 쪽 공이라니? 하지만 반대로 보면 그만한 먹잇감이 없었다.

'좋아.'

용규는 운비를 믿었다. 미트를 팡팡 치고 자세를 잡았다. 운비가 셋 포지션에 들어갔다. 실밥을 긁힌 공이 운비의 손을 떠났다.

'왔다.'

타자의 눈이 공에서 떨어지지 않았다. 몸이 반응하며 배트가 나갔다.

부욱!

"......!"

바람을 가르는 소리를 들은 타자의 눈가에 아뜩함이 스쳐 갔다. 공의 궤적이 돌연 꺾여 버린 것.

"수뚜악!"

심판의 콜이 천둥처럼 울렸다. 공은 체인지업이었다. 타자의 의표를 보기 좋게 찌른 것이다.

'체인지업……'

4번 타자는 공이 지나간 자리를 한참이나 바라보고 더그아 웃으로 들어갔다. 5번 타자는 삼진으로 잡았다. 스윙이 크기에 유인구를 중심으로 승부했다. 그게 먹혔다.

'마지막.'

모자를 눌러쓸 때 6번 타자가 나왔다. 그 역시 이번 대회 0.346을 치고 있는 강타자였다.

펑!

초구부터 체인지업을 꽂았다. 포심이 날아올 거라는 믿음에 대한 반전. 타자는 헛스윙으로 응답했다. 2구는 저회전 패스트 볼을 던졌다. 또 배트가 돌며 공을 건드렸다. 공은 3루 관중석으로 날아갔다. 볼카운트 투낫씽. 운비는 로진백을 집어 들고 숨을 돌렸다.

'하나 빼?'

용규가 미트를 바깥쪽으로 댔다. 운비는 고개를 저었다.

'그럼 여기서 승부구?'

'높은 포심 하나.'

'위험하지 않을까?'

'딱 좋을 거 같은데?'

'어휴, 저 강심장 새끼. 던져라.'

용규가 포구 자세를 갖췄다.

삼구 삼진.

그것 때문이 아니었다. 타자의 의표를 찌르려는 것뿐이다. 타자의 눈동자도 벌겋게 타고 있었다. 어떻게든 살아 나가려는 타자. 운비는 그 희망을 용납하지 않았다.

꿈 깨.

금메달을 박 감독님에게 바쳐야 하거든.

3년 동안 빈손인 형들에게도.

1루 주자를 바라보고 천천히 와인드업을 한 운비, 찰고무 같은 탄성으로 실밥을 잡아챘다.

"와아앗!"

운비의 위닝샷이 날아갔다. 147킬로미터에 RPM 2,200을 찍은 포심. 스트라이크존보다 공 두 개가 높았다. 하지만 조바심으로 가득한 타자는 눈에서 가까운 공에 참지 못했다. 그대로 방망이가 따라 나왔다.

스윙!

뻐억!

승부를 가르는 두 소리가 운명처럼 울려 퍼졌다. 하지만 미트 소리가 압도적이었다. 헛스윙을 한 타자는 그 자리에 주저앉아 방망이를 내려쳤다. 운비의 완승이었다.

"으아아악!"

더그아웃에서 비명이 울렸다. 세형이 울부짖으며 뛰어나온 것이다. 소야고의 내, 외야가 운비를 향해 달렸다. 그때처럼, 28연패를 끊은 그날처럼 나인들은 한 덩어리로 포개졌다. 그 위로 후보들도 포개졌다. 박수 소리는 들리지 않았다. 그저 가슴이 뜨거울 뿐, 그저 눈시울이 뜨끈할 뿐.

금메달.

금메달이었다. 변방의 찌질이 팀 소야고가 마침내 전국대회 정상을 밟는 순간이었다.

"진짜 애썼어요. 축하합니다."

교장이 더그아웃으로 내려와 박 감독을 치하했다. 당신을 유임한다는 뜻이다.

"너, 공 좋더라? 축하한다."

게임 종료 후 인사를 나눌 때 장병현이 운비에게 말했다. 승패가 갈린 이후의 깨끗한 승복. 그 또한 고교야구의 매력이다.

"고마워요, 형."

운비는 담백하게 인사를 받았다. 비록 상대편 학교지만 야구라는 틀 안에서 보면 모두 친구이자 동료였다.

겨우 정신을 차린 선수단이 응원석으로 달려가 인사했다. 그리고 그들의 상징이 된 모자 날리기 세리모니를 즐겼다. 모자는 높이높이 치솟았다. 친구들이 내려왔다. 장미애도 있고 송다은도 있었다.

세형은 미애의 축하를 받고 어쩔 줄 몰라 했다. 운비는 그냥 담담했다. 승우가 좋아하던 송다은. 여전히 그녀는 예뻤지만 야구 같지는 않았다. 운비는 이미 야구에 흠뻑 빠진 후였다.

"……!"

행복한 시선에 한 노인이 들어왔다. 두어 번 본 백인 할아버지였다. 자주 보인다. 야구광일까? 햄버거를 들고 있던 그가 운비를 향해 가벼운 손 인사를 던져왔다. 평범하지만 단박에 눈길을 끄는 할아버지. 그가 서양인이어서일까?

시상대에 올랐다.

"금메달, 소야고등학교!"

멘트와 함께 소야고 선수들이 두 손을 추켜올렸다. 목에 메달이 걸렸다. 황금빛이 반짝거린다. 정말이지, 기분 최고였다.

시상식이 끝나자 용규가 세형을 불렀다.

"너, 잊은 거 없냐?"

"뭐?"

세형이 물었다.

"내 빤쓰에 절해야지."

"으악, 그 빤쓰!"

"안 하면 니 금메달 압수다."

"왜 이래? 나도 할 만큼 했어."

"뭘?"

"운비가 그러는데 LA 다저스 커쇼는 샌드위치를 먹으면 승리한다잖아. 그래서 세 개나 호르륵 해주셨거든."

"그건 메이저고 여긴 한국이니까 빨리 절해라, 응?"

"싫어. 지린내 쩔잖아?"

"어쭈? 우리 졸업한다고 개기냐? 빤쓰 색이나 금메달이나 누렇기는 마찬가지야."

"으악, 감독님!"

세형이 감독 쪽으로 줄행랑을 쳤다. 선수단이 일동 함박웃음을 터뜨렸다.

이어진 건 헹가래였다. 박 감독을 띄우고 전 코치도 띄웠다. 기왕 업된 김에 교장도 띄웠다. 선수들에게 기회를 준 데 대한 보답이었다.

다음은 기념사진 촬영. 그동안 고생한 학부모들에게 금메달을 걸어주고 사진을 찍었다. 영원한 찌질이 팀으로 남을 줄 알았던 학부모들. 금메달에 감격해 운동장을 홍수로 만들었다. 운비 역시 그들 무리에서 사진을 찍었다. 그때 세형의 비명이 귀를 찢고 들어왔다.

"으악! 내 이빨!"

세형이 금메달을 잡고 펄쩍 뛰었다. 진짜 금인 줄 알고 미친 듯이 물어뜯었단다. 하긴 물어뜯고도 남았다. 순금으로 만든 메달보다 백배는 더 값진 거니까.

크큭!

3. 빅 유닛이 왔다

우승의 여운이 채 가시지 않은 며칠 후, 박 감독이 운비를
불렀다. 그의 손에는 낡은 투수 글러브가 들려 있었다.

"주말은 잘 놀았지?"

"예."

"그럼 오늘부터 새 구종을 하나 더 연마한다."

"감독님!"

"왜? 나한테는 배우기 싫으냐?"

"아, 아닙니다."

"몸 풀리게 운동장 다섯 바퀴 돌고 와라."

"열 바퀴 뛰겠습니다!"

악을 쓰고 운동장으로 나갔다. 날아갈 것 같았다. 언제 열 바퀴를 돌았는지 모른다. 그저 달리는데 박 감독이 길을 막았다.

"스무 바퀴 돌 참이냐?"

그 말이 운비의 발을 세웠다. 벌써 열두 바퀴째인 것이다.

"네 우상이 누구냐?"

박 감독이 물었다. 그는 저글링을 하듯 공을 던졌다가 받는 것을 반복하고 있었다.

"랜디 존슨입니다."

주저 없이 대답했다.

"짰냐? 승우란 놈도 그러더니."

"……"

"하긴 승우보다는 네가 랜디 존슨에 가깝지."

"그런데 그거 아냐? 꿈이란 건 피와 땀의 반석 위에서 꽃을 피운다는 거."

"예."

"대답은 잘하는구나."

"열심히 하겠습니다."

"봐라."

박 감독이 종이 몇 장을 던져주었다. 그걸 본 운비의 시선이 굳어버렸다.

"……!"

통계였다. 운비는 눈치도 못 챈 것. 그 종이 위에는 운비의 훈련구에 대한 분석, 협회장배와 전국체전에서 던진 통계가 깨알처럼 적혀 있었다.

"감독님."

"아아, 나도 밥값 좀 하느라고 적은 거니까 감격할 거 없다."

"……."

"포심 최고 구속 149킬로미터, 최고 RPM 2,300, 최근 100여 구의 포심 평균 스트라이크 구사율 52%……."

"……."

"원래는 스트라이크 구사율이 65%쯤 되면 시작하려고 했는데 세상에 완벽이라는 건 없으니까."

"감독님, 전 그것도 모르고……."

"프로에서 트레이너와 코치하는 친구들하고 스포츠과학센터 근무하는 지인 구워삶아서 몇 가지 상의를 좀 해봤다. 물론 쌈짓돈은 좀 깨졌지."

"……."

"뭐 그거야 내 의무이기도 하고… 여러 가지 상의를 해봤는데 네 키의 예상치가 2미터 3으로 나왔다. 키와 체중, 훈련에 따라 구질이 바뀔 수도 있지."

"……"

"내 생각에는 랜디 존슨과 커쇼의 절충 모델이 좋을 듯하다. 둘 다 좌완이지만 존슨은 사이드암이고 커쇼는 오버 핸드, 네 폼도 오버 핸드."

"……"

"존슨의 주 무기는 패스트 볼, 슬라이더, 스플리터. 커쇼는 패스트 볼, 슬라이더, 커브."

"……"

"메이저에서도 최고 투수들이니 너하고 비교할 수는 없지만 네가 우수한 것도 하나 있다."

"제가요?"

"네 손가락!"

"……?"

"아마 네 공의 RPM은 역대 고교 최고를 찍을 거다. 그 이유 중의 하나가 바로 네 손가락 길이와 마디의 볼륨이야."

"예."

"그 마디와 실밥의 최적합 모델을 찾아내면 회전수가 올라갈 거다. 100이나 200만 올려도 굉장할 거야."

"저는 3,000 채우고 싶은데요."

"3,000?"

"저번에 오신 메이저 레전드께서 그러셨거든요. 열심히 노력하면 3,000 찍을지도 모른다고."

"3,000이라……. 너 지난번 메이저리그에서 타자들을 목석으로 만든 가르시아의 RPM이 얼마였는지 아느냐?"

"……."

"2,500대였다. 인디언스의 코디 앨런 역시 높은 RPM으로 화려하게 데뷔했지."

"……."

"하긴 리베라의 커터 후계자로 불리는 잰슨의 커터는 2,600대를 찍기도 했지. 시속 100마일이 꿈이던 메이저에 105마일을 던지는 놈도 나타나고 있으니 3,000 RPM이라고 불가능할 것도 없다."

"헤헷, 그렇죠?"

"하지만 RPM이나 구속이 전부는 아니다. 그보다 더 중요한 게 있어."

"디셉션이요?"

"그것도 너는 괜찮은 편이지."

"그럼 체감 속도와 제구력?"

"가장 중요한 건 후자다."

"제구력이요?"

"지금 네 공에 제구가 따라준다면 적어도 고교야구에서는 언터처블, 프로에 가서도 10승은 문제없다."

"메이저에서는요?"

"거기라고 신들의 야구장은 아니야."

"……."

"제구가 안 되면 구속도 RPM도 다 소용없다. 너희들, 틈만 나면 게임 많이 하던데 내구성 떨어지고 디자인만 화려한 아이템을 무엇에 쓸까?"

"……."

"하나 더 붙이면 체력이다. 제구력이 있어도 체력이 없으면 끝이야. 프로야구는 한두 회, 한두 게임 하고 마는 게 아니니까."

"……."

"네 체력은 천부적이라 마운드에 서면 저절로 회복되는 것 같아 다행이다만 그것도 긴 레이스에서는 장담 못 할 일이지."

"헤헷!"

"마지막이 마인드다. 타자와 투수는 언제나 수 싸움이야. 그렇기에 투수는 어떤 위기 상황에서도 평정심을 잃지 않아야 해."

"알겠습니다."

"맨 뒷장을 보거라."

박 감독의 말에 운비가 종이를 넘겼다.

"맨 아래."

"······."

마지막 글자에 운비의 시선이 멈췄다.

커터 적합 92%

스플리터 적합 88%

슬라이더 적합 80%

싱커 적합 78%

너클 적합 72%

그러나 그 글자들에는 x 표가 시원하게 쳐져 있었다.

"감독님?"

"왜 x 표냐고?"

"예."

"네 패스트 볼 때문이다."

"······?"

"이건 그 자료에 넣지 않았다만······."

박 감독이 수첩을 꺼내 들었다. 연습이나 경기 중에 적는 메모첩이다.

"내가 볼 때 너는 랜디 존슨이나 커쇼하고는 다른 모델을 찾는 게 좋을 거 같다."

"다른 모델이라면?"

"전에 이미 말해주었을 텐데? 네가 직구에는 변화구가 없냐고 물었을 때."

"조엘 주마야요?"

"기억하는구나? 그 친구의 투구 폼, 네 진화형이 될 수 있다. 구속이 다른 직구를 같은 타이밍, 같은 릴리스 포인트에서 뿌리니까."

"……."

"너도 이미 실전에서 몇 번 써먹은 걸로 아는데?"

"……!"

"160킬로미터의 직구와 130킬로미터대의 공은 홈 플레이트에서 떨어질 때 최대 2.7미터의 거리 차가 생긴다. 어쩌면 새로운 변화구라고도 할 수 있지."

"감독님……."

"사실 네 포심의 궤적과 무브먼트는 처음부터 심상치 않았다. 그래서 포심이 몸에 익을 때까지 참견하지 않았다. 그러나 포심 하나로는 유수한 타자들을 요리하기에 모자란 측면이 있지. 타자들도 타석에서 진화하고… 어떤 때는 어떤 구종이 미치도록 영점이 안 잡힐 때가 있거든. 그럴 때는 다른 구질을 던지며 기분을 추스르는 것도 필요해."

"……."

"이제 스트레이트는 어느 정도 안정되었다. 변화구와 체인지업, 스플리터도 흉내는 내지. 그러나 너는 기본적으로 강속구 투수에 속하는 타입. 무리를 주는 구종으로 팔목과 어깨를 좀먹는 것보다 잘하는 것에 집중하는 것이 낫다."

"……."

"공감하지 않는 거냐?"

"그보다는… 구종이 많으면 좋잖아요?"

"물론 그럴 수도 있다. 하지만 어떤 투수가 많은 구종을 장착하는 이유는 뭘까? 바로 주 무기가 없기 때문이다. 리베라처럼 포심과 커터, 퍼스트 피치, 세컨드 피치만으로 충분하다면 굳이 새로운 구종을 장착할 필요가 없지."

"아!"

"너도 딱 하나만 더 장착해 보자."

'하나?'

"내 추천은 커터다. 네 공의 구속과 회전력이라면 리베라의 커터나 젠슨의 커터, 그리고 좌완 커터의 대가로 불리는 알 라이터에 버금가는 공을 개발할 수 있을지도 모른다."

"감독님……."

"내 의견에 따르겠느냐?"

"예!"

운비가 대답했다. 자신을 위해 사비까지 털어가며 탐구에 몰입한 박 감독. 게다가 평소 동경하던 커터이다. 리베라라면 등장 음악까지 사모하는 운비가 따르지 않을 이유가 없었다.

"커터를 제대로 익히면 너는 메이저에서도 성공할 수 있을

게다."

말을 마친 박 감독이 테니스공을 던져주었다.

"……?"

"악력을 기르는 데 좋은 도구다. 시간 날 때마다 엄지, 검지, 중지만으로 눌러라. 터질 때까지. 그럼 네 포심이 더 빵빵해질 거야."

박 감독이 웃었다.

그날부터 운비의 머리에는 두 가지 단어만 살았다. 패스트볼과 커터였다. 커터는 본래 강속구 투수에게 어울리는 구종이다. 박 감독도 현역 때 종종 구사했으나 크게 위력적이지 못했다. 그 아쉬움을 간직하고 있던 박 감독은 그걸 운비에게 풀어놓은 것이다.

박 감독은 거의 10시간 이상을 붙어살았다. 손가락과 그립에 다른 변화를 체크한 동영상을 스포츠 과학센터에 보내 최적의 투구 모형을 찾았다. 커터를 잡는 법도 다양했다. 메이저리그는 포심의 형태로, 일본에서는 나란히 잡는 걸 선호했다. 운비는 메이저리그 쪽을 따랐다. 포심이 손에 익은 까닭이다.

다음으로 핵심이 되는 중지의 포지션에 비중을 두었다. 커터는 중지로 강하게 찍어야 했다. 어떻게 찍느냐에 따라 종으로의 변화가 결정되었다. 동시에 구속도 염두에 두어야 했다. 커터라고 해도 구속이 낮으면 별 볼 일 없었다.

적어도 슬라이더 이상.

박 감독이 내세운 목표이다. 리베라의 그립을 흉내 내고, 알라이터의 그립을 참고하고, 잰슨의 그립도 던져보았다. 처음에는 밋밋하던 커터. 하루하루 지나면서 미세한 변화가 붙기 시작했다. 감이 좋은 날은 슬라이더처럼 움직였다.

그리고 첫눈이 내리던 그날, 운비는 마침내 종으로 휘어드는 커터에 성공했다.

"씨발!"

타석에서 도와주던 덕배가 한 말이다. 종으로 휘어든 커터가 그의 배트를 동강 냈기 때문이다.

"형, 배트값 내가 물어낼게!"

운비가 소리쳤다. 황금석이 준 용돈을 차곡차곡 쌓아놓았다. 첫 성공이지만 그럴듯한 커터를 손에 넣은 운비, 그 통장을 다 털어주어도 아깝지 않은 날이었다.

겨울이 시작되면서 운비는 메이저 레전드 류연진을 만났다. 휴식기를 통해 입국한 그가 소야고를 찾아온 것이다. 이해 류연진은 방방 날았다.

33 게임에 나가 14승 9패, 192.0 이닝을 던져 방어율 3.11을 찍었다. 삼진은 164개. 운비에게는 꿈만 같은 기록이다. 메이저리그에서 14승이라니……

류연진에게서 커터 시범을 보았다. 자신이 즐겨 쓰는 구종은 아니지만 기꺼이 시범을 보여준 것이다.

달랐다.

뭣도 모르고 만난 여름, 그 이후로 야구에 살짝 눈을 뜬 운비. 그런 눈으로 보는 류연진의 볼은 그때와 사뭇 달랐다. 보이지 않던 것이 조금 보였다.

신기했다.

세형이 찍은 동영상을 수없이 본 운비. 그때는 덩어리만 보이더니 지금은 조금 자세히 보이는 것이다. 포심 투구 동작에 도움이 되었다. 막연히 세게 던진다고 되는 게 아니었다. 무아지경, 투구에 완벽하게 빠지는 게 필요했다.

체인지업과 스플리터 시범도 함께 보았다. 그저 타자를 잡기 위해 죽기 살기로 던진 운비. 스플리터의 핵심이 낙차의 폭과 좌우 무브먼트라는 것을 각성했다. 기본 회전축 120도에 1,200RPM. 그걸 중심으로 어떤 메커니즘으로 던지느냐에 따라 변화가 생기는 것이다.

막연한 것과 이해의 차이.

운비의 야구가 조금 더 깊어졌다.

"박 감독님과 함께 커터를 수련한다? 내년 시즌 네가 싹쓸이하는 거 아닌지 모르겠다."

류연진은 애정 어린 기대를 남겨두고 떠났다.

커터, 커터…….

던지고 또 던졌다.

때로는 포심처럼 들어가고 때로는 슬라이더처럼 들어갔다. 그립을 고쳐 잡고 또 고쳐 잡았다.

나만의 커터 그립.

그러면서도 강력한 위력의 공.

그게 필요한 운비였다.

수련 속에 겨울이 지나갔다. 2013년이 저물었다.

2014년의 아침이 밝았다.

아시아 청소년야구대회와 아시안게임이 열리는 해였다.

해가 바뀌는 날에도 운비는 운동장을 달리고 공을 던졌다. 춥지는 않았다. 학교와 학부형들이 뜻을 모아 오키나와로 전지훈련을 온 것이다. 오키나와의 바람은 순하고 좋았다. 운비 아버지 황금석이 내놓은 거액의 협찬 비용 덕분이다. 그는 아들을 위해 사비를 아끼지 않았다. 야구부 후원회장 직함도 꿰찼다.

후웅!

커터가 날아갔다.

빠악!

방망이가 부러졌다.

커터가 위력적이면 방망이가 잘 부러진다. 겨울 삭풍을 지

나온 커터는 손에 익어 있었다. 박 감독의 체계적인 지도와 운비의 투구 감각 덕분이었다.

위력의 시험은 주로 수찬과 덕배, 순기가 담당해 주었다. 덕분에 그들도 커터에 대한 적응력이 늘어갔다. 운비의 발전은 곧 소야고의 발전이었다. 그 공을 쳐볼 기회가 많이 생기는 까닭이다.

몇 달 사이 운비의 포심은 RPM이 100 가까이 올라갔다. 컨디션이 좋은 날이면 최고 구속도 2~3킬로미터가 더 붙었다. 덕분에 연습 투로 152km/h까지도 찍어보았다. 그 스피드건은 인증 샷으로 카톡에 올라갔고, 그걸 본 철욱과 용규 등의 졸업생이 축하 멘트를 보내왔다. 고무적인 건 키도 2센티미터가 더 자랐다는 것이다. 적어도 고교야구에서는 의심할 바 없는 빅 유닛이었다.

땀을 흘렸다.

연습벌레, 야구벌레 운비는 일본 땅에서도 다르지 않았다. 타자 공략법을 배우고 수비 시프트 연습도 했다. 해도 해도 야구는 새로웠다.

전지훈련의 마무리를 3일 앞둔 날, 소야고 야구팀은 두 번의 친선 게임을 했다. 첫날은 일본의 사회인 야구팀과 맞섰다. 배터리는 운비와 세형이었다. 두 계절을 함께 지낸 둘은 훌쩍 성장해 있었다. 최상위 팀은 아니지만 그래도 만만치 않은 성인 팀.

이 경기에서 운비는 선발로 나와 4회까지 1안타 1볼넷, 무실점으로 역투하며 삼진 세 개를 잡았다. 주로 커터를 실험했다. 부러뜨린 타자의 배트만 세 개였으며 매직 존은 이용하지 않았다. 오직 실력으로 맞장을 떠버린 것이다. 새로 장착한 커터는 성인들에게도 통했다. 종적을 휘어들어 와서 박히는 것이다. 커터는 포심과 함께 운비의 공이 되어가고 있었다.

경기 결과는 3 대 1로 석패. 6회 이후에 나온 투수들이 솔로와 투런 홈런을 허용한 까닭이다. 일본 사회인 야구팀은 한국과 다르기에 선방한 경기였다.

다음 날은 일본 고교 팀과 상대했다. 작년 고시엔 본선에 진출한 강팀이다. 이 경기에서 운비는 마침내 펄펄 날았다. 6회부터 9회까지 4이닝 동안 무안타에 삼진만 여섯 개. 여기서는 커터가 불꽃 위력을 발했다. 특히 일본의 초고교급 타자라는 아라에 마치히로와의 승부가 백미였다. 그는 이미 일본 프로구단 요미우리 자이언츠와 계약을 맺은 대물. 초반, 영길에게 투런 홈런까지 작렬시킨 초유의 강타자였다. 이날 기록만 2타수 2안타에 홈런 하나, 2루타 하나이다.

첫 대결에서 운비는 그를 내야플라이로 잡았다. 잔뜩 노리는 타석에 RPM이 팽글거리는 포심을 던져 뜬공을 유도한 것. 그리고 마지막 타석에서는 체인지업에 이은 커터로 삼진을 솎아내며 투수들이 진 빚을 갚았다. 그때 벌겋게 달아오른 마치 히로의 얼굴을 보는 건 하나의 쾌감이 아닐 수 없었다.

불꽃 커터를 위닝샷으로 쓰는 운비 앞에 일본 타자들이 무너졌다.

삼진.

삼진이었다.

"슬라이더, 개떡 같네."

일본 타자들은 운비를 슬라이더 투수로 알았다. 그들이 그 공이 슬라이더가 아님을 안 것은 시합이 끝난 후였다.

이 게임에서는 그만큼 커터 구사 비율을 높였다. 포심 60%에 커터 30%으로 간 것. 나머지는 간간이 커브와 체인지업을 사용했다. 운비가 마운드에 없던 초반에 내준 2점을 후반에 만회하면서 5 대 2로 대역전승을 거둔 소야고였다.

"주장!"

귀국을 앞두고 해변에 나온 감독이 선수단을 바라보았다.

"예!"

덕배가 앞으로 나왔다. 철욱이 졸업하면서 그 뒤를 이은 덕배였다. 팀 내에서 파이팅이 가장 강하므로 감독이 중용한 것이다.

"선수들을 대표해서 포부 함성 한번 질러봐라."

"알겠습니다!"

부동자세를 취하고 있던 덕배가 물을 향해 뛰었다.

"씨발, 올해는 우리가 전국대회 우승 먹는다! 우승 먹는다고!"

덕배가 바다를 향해 외쳤다.

"한 번만 먹을 거냐?"

감독이 물었다.

"아닙니다! 두 번 먹고, 세 번 먹을 겁니다!"

"그럼 똑바로 말해야지."

"씨발, 올해 전국대회 싹쓸이다!"

"너희는?"

박 감독의 시선이 선수들에게 향했다. 선수들이 기다렸다는 듯 덕배 곁에 서서 합창을 했다.

"싹쓸이다!"

"전국대회 싹쓸이다!"

선수들의 함성이 파도를 밀어냈다. 운비와 세형도 고래고래 파도를 밀어냈다. 겁나지 않았다. 해일이 온대도, 쓰나미가 온대도. 소야고는 더 이상 찌질한 야구팀이 아니었다.

"입수!"

박 감독의 명령이 떨어지자 선수들이 거꾸로 뛰었다.

"뭐야?"

박 감독과 전 코치가 놀랐지만 때는 늦었다. 선수들이 코치진을 어깨에 메고 가더니 바닷물에 처박았다. 파도가 몰려왔다. 전반기 주말 리그의 시작을 알리는 파도였다.

5월 초, 황금사자기대회가 열렸다. 모두 열여섯 팀이 참가한 본선. 소야고의 이름은 대진표의 맨 꼭대기에 살아남았다.

소야고 vs 부삼고.

두 팀이 격돌하는 결승전. 전통의 명가와 신흥 강자. 고교야구계의 초미의 관심사가 되고 있었다. 야구 기자들도 과장된 기사로 분위기를 띄워놓았다.

소야고 에이스 황운비.

본격 파워 오버핸드 스타일의 빅 유닛. 5승 무패, 방어율 0.98(예선 포함).

퍼스트 피치 막강 회전 포심, 세컨드 피치 무적 커터.

대회 최고 구속 151km/h.

핵심 타자 4번 백수찬.

우투우타, 예선 포함 타율 0.427, 본선 타율 0.365, 2루타 4, 홈런 2.

부삼고의 에이스 강원준.

사이드암 컨트롤의 마법사. 5승 1패, 방어율 2.08(예선 포함).

퍼스트 피치 뱀직구, 세컨드 피치 아트 슬라이더.

대회 최고 구속 145㎞/h.

핵심 타자 3번 양아섭.

좌투좌타, 예선 포함 타율 0.506, 본선 타율 0.426, 출루율 0.569

소야고로서는 부삼고의 출루머신 양아섭을 막아야 했다. 타율과 출루율의 차이가 0.060~0.070이면 보통 수준이이다. 하지만 0.080 이상이면 선구안이 기가 막힌다는 방증. 한국 프로야구에선 이용규가 여기에 속한다. 비록 수준이 들쭉날 쭉한 고교야구라지만 양아섭의 레코딩은 이용규를 넘고 있었다.

핵심 선수만 뽑아놓고 봐도 빅 이벤트가 분명했다. 에이스가 출격한다고 하면 어느 팀이든 2점 이상 내주면 승리하기 어려운 일이었다.

〈소야고의 지상 과제—강원준의 슬라이더를 공략하고 출루머신 양아섭을 막아라.〉

〈부삼고의 지상 과제—황운비의 포심을 넘어 백수찬을 잡아라.〉

지상 과제를 놓고 결승전의 날이 밝았다.

소야고의 버스가 목동구장 앞에 멈췄다. 운비는 순기와 함께 내렸다. 1센티미터가 더 자란 운비의 키는 2미터를 찍고 있었다. 당연히 선수단 중에서 가장 먼저 보였다. 옆에 나란히 선 선수는 신입생 우창이다.

"와아!"

재학생들과 팬들이 몰려왔다. 이제는 팬클럽도 생긴 운비였다. 나중에 안 사실이지만 주동자는 장미애와 송다은이었다.

전반기 주말리그에서 파죽지세의 6승으로 본선 진출을 한 소야고. 그 조짐은 이미 윈터리그에서 보였다. 제주와 경상권에서 치르는 윈터리그 친선게임. 이 경기에서 투타 균형을 이룬 대규고와 경묵고를 셧아웃시킨 것. 특히 경묵고와의 대전에서는 타격까지 터져 13 대 1의 대승을 거둔 소야고였다.

주말리그 예선에서는 두 가지가 기억에 남았다. 하나는 세전고와의 경기였다. 토요일 게임이라 등판 간격의 여유가 있던 운비. 여기서 생애 첫 노히트노런을 기록할 뻔했다. 이날 챙긴 삼진이 무려 15개에 최고 구속 149킬로미터를 찍었다. 세전고의 전력이 악화된 탓도 있었지만 굉장한 기록이었다.

빅 K.

크네이구에 이어 운비가 갖게 된 또 하나의 닉네임. 빅 유닛의 빅과 삼진을 뜻하는 K의 합성어였다.

두 번째는 공비고와의 경기였다. 이제 지역 라이벌이 되어 버린 두 학교. 7회까지 던지며 4 대 1 리드 상황에서 영길에게 마운드를 넘겨준 운비였다.

그러나 이후에 등판한 투수들이 난조를 보며 심장이 쫄깃해졌다. 9회 초, 결국 4 대 4 동점을 허용하고 9회 말에 득점해 5 대 4의 진땀 승을 거둔 소야고. 강철 마인드가 필요한 경기였다.

운비의 팬클럽은 이때를 중심으로 확 늘어났다. 학교 동문들이 만든 것도 있었고 학부모회, 재학생, 심지어 윤서까지 팔을 걷고 나섰다. 학교로 답지하는 선물도 한둘이 아니었다. 훈련이 끝나면 팬클럽에 올라온 댓글을 보면서, 선물을 열어보면서 피로를 달래곤 했다. 그중 최고는 황금석의 친구가 보내준 맞춤형 비데였다. 운비의 키 높이에 딱 맞아 볼일 보기가 행복해졌다.

"황운비! 황운비!"

운비는 팬들의 환호 속에 고개를 들었다.

"와아아!"

"와아아!"

시즌 첫 전국대회 결승. 국기에 대한 경례가 끝나자 아마추어 야구를 기다리던 동문과 팬들이 열광했다.

"조우창!"

"예!"

박 감독의 간택을 받은 우창이 한 발 앞으로 나섰다. 오늘 박 감독이 내세운 비밀병기였다. 우창은 운비가 졸업한 소야중학교를 나왔다. 언더드로 투수로 재능은 있지만 삐딱했다. 3학년 때는 폭력 사건에 휘말려 공비고와 북인고, 청제고 등에서도 외면한 선수.

그걸 건져온 게 박 감독이었다. 운비와 완전히 다른 스타일이기에 운비의 짐을 덜어주면서 시너지 효과를 줄 거라고 생각한 것이다. 알아보니 천성이 나쁜 것도 아니었다. 집안이 어려운데다 자존심이 강하다 보니 그렇게 보인 것. 3학년 때의 폭행도 녹내장으로 한쪽 눈을 실명한 어머니를 놀리는 학생들과 한 판 붙은 것이었다.

"그런 놈들이라면 당연히 뭉개야지. 앞으로도 뭉개라. 내가 책임진다."

박 감독은 그의 편을 들어주었다. 그 말 한마디가 우창의 마음을 사로잡았다. 박 감독은 그의 어머니까지도 끔찍하게 챙겼다. 우창은 박 감독을 믿고 따르게 되었다. 주말 리그에 간간이 등판시키며 경험을 쌓게 했다. 1승도 올렸다. 그리하여 박 감독은 히든카드로 결승전에 투입한 것이다.

고교야구.

에이스의 혹사를 피할 수 없었다. 에이스는 하나인데 본선 경기는 위로 갈수록 쉬는 날이 없었다. 에이스를 아끼다 패하면 내일이 없는 까닭이다.

부삼고 감독은 의표를 찔렸다. 그는 운비가 나올 것으로 생각했다. 어제 준결승에서 6과 3분의 2이닝을 던졌다지만 소야고의 간판 에이스는 운비이다. 더구나 올해의 첫 전국대회 결승이다. 스탠드에는 수많은 스카우터가 와 있었다. 황운비야 두말할 것도 없지만 강원준 또한 대어 투수의 하나. 모르긴 해도 메이저나 일본 쪽에서도 관계자들이 와 있을 공산이 컸다. 그런 경기였으니 운비를 내세우는 게 당연했다.

운비에 대비해 130㎞/h 대 구속의 좌완 투수를 투구 거리보다 세 발이나 당겨놓고 프리배팅 연습을 했다. 피칭 머신도 150로 놓고 대비했다. 그런데 운비와는 완전히 반대 성향의 투수 언더드로가 선발로 나온 것이다.

"뒤에는 운비가 있다. 편안하게 던져라."

박 감독이 우창의 어깨를 두드렸다.

"알겠습니다."

우창이 굳은 얼굴로 대답했다.

"얼굴 펴라. 카메라 있다."

운비가 다가가 등짝을 쳐주었다. 실제로 생중계되는 결승전이었다. 겨우 한 학년 차이지만 운비는 훌쩍 성장해 있었다.

"알겠습니다!"

우창이 소리쳤다. 같은 중학교 선배였기에 운비를 형처럼 따르는 우창이다.

"소리 봐라."

"알겠습니다!"

"그거밖에 못 하지?"

"알—겠—습—니—다아!"

우창이 목이 터져라 외쳤다.

준결승까지 소야고는 3차전을 치렀다. 운비가 2승을 올리고 영길이 1승을 올렸다. 운비의 본선 방어율은 1.04를 찍고 있었다.

"초반에는 주로 슬라이더를 공략한다. 강원준이 많이 던질 수 있도록 노려라."

박 감독의 전략이 떨어졌다.

강원준은 어제 준결승에서도 5회를 던졌다. 그제 준준결승에서는 충안고를 맞아 완투했다. 그의 직구 슬라이더 구사율은 50 : 25. 이미 피로가 쌓인 상태이니 슬라이더를 많이 던질수록 체력이 방전될 것이다.

"강원준의 슬라이더는 백도어 슬라이더다. 유인구처럼 보이지만 횡으로 꺾여 결국 존으로 들어온다. 공을 끝까지 봐라."

"예!"

"수찬이와 덕배는 직구도 노린다."

"예!"

"가라! 긴장하지 말고!"

박 감독의 손이 그라운드를 가리켰다.

"가자, 소야!"

"가자! 가자!"

세형이 외치자 운비가 받았다. 우창도 한몫했다. 함성과 함께 소야고의 나인들이 1회 초 수비에 들어갔다.

투수: 조우창

포수: 이세형

1루수: 장형도

2루수: 최강돈

유격수: 나경모

3루수: 왕오덕

우익수: 황운비

중견수: 양덕배

좌익수: 백수찬

소야고의 선발 나인이다. 철욱과 도윤, 용규가 졸업으로 빠진 자리에 경모와 오덕이 들어왔다. 둘은 수비에 비해 타격이 약했는데 어느 정도 보완이 된 상태였다.

"플레이 볼!"

심판의 콜과 함께 경기가 시작되었다. 상기된 우창이 심호흡을 하고 1구를 뿌렸다.

"뽈!"

심판의 콜이 나왔다. 우창의 공은 두 개가 연속으로 낮았다. 긴장한 것이다. 그러다 결국 사고를 치고 말았다. 원 쓰리로 몰린 후에 코너워크를 하려다 볼넷을 주고 만 것.

'도루 주의.'

박 감독의 사인이 나왔다. 세형 때문이다. 우창은 1루 주자를 두 번 견제했다. 하지만 이어지는 투구에 주자가 뛰었다. 투수는 언더드로, 포수는 도루 저지 성공률이 낮은 세형. 2루에 공을 뿌렸지만 넉넉하게 세이프되었다.

"에이씨."

세형이 분루를 삼켰다. 어깨가 약한 것도 아니면서 송구 때 어깨가 흔들리는 게 문제였다. 연습 때는 제법 되지만 실전만 되면 반복되는 아킬레스건이다. 도루에 흔들린 우창이 유격수 깊은 내야 안타를 맞으며 노아웃 1, 3루가 되었다.

부삼고. 이번 대회에 화끈한 방망이의 팀으로 거듭났다. 예선에서는 콜드게임 승만 세 번을 거두었고, 본선 세 게임을 하는 동안 3할 타자가 다섯 명이 나왔다. 명타자 출신의 감독이 새로 온 덕분이다.

그중에서도 압권으로 꼽히는 양아섭이 나왔다. 타자 중에서는 고교 최대어로 꼽힌다. 가공스러운 타율에 출루머신이라는 별명답게 선구안이 좋은 타자. 소야고 벤치가 일순 긴장감에 휩싸였다.

"마음 놓고 가운데다 넣어. 뒤는 우리가 맡는다."

운비가 외야에서 힘을 보태주었다. 수찬과 덕배도 함께 목청을 돋웠다. 이제는 2학년과 3학년이 된 그들. 어린 나이였으니 한 해의 짬밥이 무서웠다.

용기를 얻은 우창에게 행운이 따랐다. 양아섭이 친 안타성 타구를 3루수가 몸으로 막아냈다. 총알처럼 빠지는 공이 글러브를 맞고 떨어졌다. 그걸 잡아 병살타를 이끌어냈다.

"소야! 소야!"

부삼고의 핵심 타자를 잡자 소야고 응원석이 기세를 올렸다.

초반 위기를 넘긴 우창은 3회까지 산발 3안타로 선방했다. 박 감독의 도박이 먹히고 있었다. 빠른 공에 초점을 맞춘 부삼고 선수들. 변화구 중심의 낮은 공에 재미를 못 보고 있었다. 게다가 그 뒤에 버티고 있는 운비. 빨리 선발을 끌어내려야 한다는 조바심도 한몫을 했다.

타격의 전략도 먹혔다. 3이닝 동안 강원준을 괴롭혔다. 어떻게든 슬라이더 구사율을 높이게 만든 것.

4회 말.

득점 찬스가 왔다. 강돈이 슬라이더를 받아치자 내야에서 불규칙 바운드가 일었다. 강돈은 1루에 아슬아슬하게 살아 나갔다. 거기서 덕배의 2루타가 작렬했다. 슬라이더 다음에 들어온 직구를 제대로 공략해 우중월 2루타로 타점을 올린 것. 4번 수찬을 삼진으로 돌려세운 후 느슨해진 강원준의 방심에 한 방을 먹인 것이다.

스코어는 1 대 0.

2루에 올라선 덕배는 주먹으로 하늘을 찌르며 기쁨을 만끽했다. 수찬은 집중 견제로 막혔지만 덕배의 타율은 4할 3푼으로 껑충 뛰었다.

5회 초.

시작이 좋지 않았다.

9구까지 가는 실랑이 끝에 부삼고 선두 타자가 볼넷으로 살아 나갔다. 거기서 우창이 흔들렸다. 제구는 나쁘지 않았지만 심판의 콜이 야박했다. 이 주자가 또 뛰었다. 대비한 배터리였지만 아웃시키지 못했다. 세형의 인상이 한 번 더 찌그러졌다.

두 번째 타자를 1루수 파울플라이로 잡았지만 이후의 두 타자가 문제였다. 볼넷에 이어 몸에 맞는 공이 나온 것. 상황은 졸지에 원아웃 만루가 되었다. 박 감독이 올라가 우창을 진정시켰다. 수찬과 덕배가 주축이 된 소야고 타선도 결코 꿀리지 않기 때문이다.

"머리 굴리지 말고 네 공을 던져라. 한두 점 줘도 괜찮아."

박 감독의 격려, 그걸 소화하기에 우창은 경험이 없었다. 이어지는 3번 타자는 요주의 인물 양아섭. 오늘 대결에서 우창이 밀리지 않았기에 한 번 더 밀어붙였다. 하지만 부담감이 문제였다. 지나친 코너워크를 시도하다 몸에 맞는 공을 허용, 한점을 헌납해 버렸다. 스코어 1 대 1로 동점을 허용하며 원아웃 만루. 위기는 여전히 진행형이었다.

"황운비! 황운비!"

스탠드에서 운비를 연호하기 시작했다.

5회 초 원아웃.

고교야구는 본래 분위기가 좌우하는 게임. 더구나 상대는 4번 타자가 나올 차례였다. 박 감독은 결국 우창의 강판을 결정했다. 그만하면 소기의 목적을 달성한 박 감독이다.

"피처 황—운—비!"

장내 멘트가 나오자 소야고 응원단이 벌 떼처럼 일어섰다. 승리의 수호신이 나온 것이다.

운비는 성큼성큼 달려와 공을 받아 들었다. 박 감독이 운비의 엉덩이를 툭 치며 웃었다.

미안!

그 마음이 담긴 미소였다. 그 자신, 고교 시절 에이스로서 혹사를 당했기에 어떻게든 부담을 줄여주려던 박 감독. 그러나 결승전이라 별수 없는 선택이었다.

2미터의 빅 유닛 황운비. 마운드에 서자 자리가 좁아 보였다. 이제는 하드웨어만 큰 투수가 아니었다. 겨울을 지나는 동안 거듭나 마침내 빅 유닛의 위용을 갖춘 것이다.

쾅!

운비의 연습구가 날아갔다.

"나이쓰 뽈!"

세형이 공을 던져주며 소리쳤다.

콰앙!

두 번째 공은 148킬로미터를 찍은 속구였다.

"가자! 가자!"

세형이 기세를 올렸다. 만루의 대위기. 그러나 운비와 짝이라면 겁날 게 없는 세형이다. 가볍게 스트라이크존을 조율한 운비는 각을 세우고 들어온 4번 타자 공신수와 맞섰다. 양아섭이 펄펄 날면서 가려진 면이 있지만 그 또한 파워풀한 타자였다.

하르르.

홈 플레이트에 수호령이 보인다.

하르르.

매직 존도 선명하게 섰다. 예선전부터 운비는 매직 존에 크게 의존하지 않았다. 박 감독의 말 때문이다.

'제구만 되면 네 포심을 제대로 칠 타자는 거의 없다.'

운비는 좌완. 140만 던져도 우투수의 150처럼 느껴지기 때문이다. 게다가 디셉션이 좋았고 커터까지 장착한 마당이다. 그렇기에 때로는 매직 존에 선 핫 존에도 공을 던지던 운비이다.

칠 테면 쳐봐.

오기가 아니라 자신에 대한 실험이었다. 핫 존이라고 늘 안타가 나오는 건 아니었다. 한 타자의 최고 핫 존이라고 해도 4할 정도였다. 다섯 번 중 세 번은 못 친다는 뜻이다. 어쩌다 안타를 맞으면 고칠 점을 찾았다. 운비의 실력은 소리 없이 불어나는 강물처럼 조금씩 차오르고 있었다.

공식 RPM 2,420.

2차전, 대구 상언고와의 대전에서 찍은 최고 회전수이다. 야구판이 발딱 뒤집힌 날이었다.

<고교야구의 괴물.>

<RPM 3,000이 보인다.>

7회까지 삼진 11개를 잡은 운비, 5 대 1로 승리를 거두자 스포츠기자들이 앞다투어 써 갈겼다. 재미난 것은 그중 한 사람이 차혁래 기자였다는 것. 흔한 이름이 아니니 배구 전문에서 자리를 옮긴 모양이다.

4번 타자 공신수.

결승에 오른 팀의 클린업트리오답게 매직 존의 중앙 상단 부분에 붉은색이 선명했다. 3루수 라인드라이브로 아웃되긴 했지만 직전 타석에서 방망이가 경쾌했던 거포.

4번 타자 vs 초괴물투수.

둘의 대결 앞에 관중들은 숨을 죽였다.

'몸 쪽.'

운비가 사인을 보냈다. 매직 존과 상관없는 공이다.

'3번 존 위로 한 방 먹여서 오줌 좀 지리게 하고 시작하는 게?'

세형이 화답했다.

'나쁘지 않지.'

'오케이!'

세형이 미트를 내밀었다. 1루 주자를 한 번 견제한 운비는 퀵 모션으로 1구를 날렸다.

뻐억!

굉음과 함께 타자의 방망이가 돌았다. 143킬로미터짜리 포 심이었다. 몸 쪽으로 높았지만 배트가 따라 나왔다. 언더드로 다음에 나온 강속구였기에 체감 속도가 큰 탓이다. 스피드건 의 속도가 전광판에 찍히자 관중들이 웅성거렸다. 운비가 좌 완이기 때문이기에 더욱 그랬다.

방망이를 짧게 잡고 한 발 더 앞으로 나온 공신수가 심호흡을 하며 2구를 노렸다.

'해보자는 거냐?'

운비가 2구를 겨누었다. 이번에는 똑같은 코스에다 커터를 박아주었다.

후웅!

"……!"

맥 빠진 스윙이 나왔다. 이미 감독에게 코칭을 받은 공신수. 알면서도 당할 수밖에 없는 공이었다. 약 2미터의 왼손이 내리꽂는 공에 타이밍을 잡기란 쉽지 않았다.

3구를 바깥쪽으로 버린 운비는 스트라이크존으로 붙인 공하나를 더 던졌다. 그 또한 볼 판정을 받았다. 심호흡을 하고 위닝샷을 날렸다. 한가운데로 들어간 148킬로미터 포심이다.

방망이가 나오는 순간, 공이 살짝 머리를 들었다. RPM 2,300에 육박하는 패스트볼이 꽂힌 것이다.

"스뚜락아웃!"

심판이 빡센 목청으로 액션을 날렸다. 공신수의 눈은 한동안 홈 플레이트에서 떨어지지 않았다. 대비에 대비를 한 부삼고 타자들. 하지만 타석에서 보는 운비의 공은 절망 그 자체였다.

투아웃!

이어 나온 5번 타자는 반대의 볼 배합으로 녹였다. 포심과 커브로 볼카운트를 유리하게 잡은 운비, 마지막은 총알 커터로 헛스윙을 이끌어내며 만루의 꿈을 뭉개 버렸다.

"와아아!"

더그아웃과 응원석에 파도가 일었다. 만루에서 분루를 삼킨 부삼고. 그 기세가 절벽처럼 무너지는 순간이었다.

황운비 등판=필승!

이즈음 소야고에는 그런 공식이 성립되었다. 컨디션이 좋은 날의 운비는 거의 독보적이었다. 그랬기에 예선전 방어율도 1.34였고, 본선에서도 약 1점대 방어율을 찍고 있었다. 다만 아쉬운 건 운비의 의존도가 너무 크다는 것. 언더드로 우창과 영길 등이 뒤를 받치지만 수준 차이가 큰 게 흠이었다.

공수가 바뀐 5회 말.

하위 타선의 안타를 살리지 못한 소야고는 6회 말에 천금의 찬스를 잡았다. 선두 타자로 나온 형도가 중견수와 우익수 사이를 가르는 2루타를 작렬한 것이다. 타순이 두 바퀴를 돌자 강원준의 슬라이더 구위가 떨어졌다. 그러자 공의 회전이 눈에 들어온 것. 밋밋해진 슬라이더는 장타가 터지기 쉬운 공이다. 강돈도 그랬다. 투낫씽을 먹었지만 볼 뒤에 들어온 슬라이더가 보였다. 그걸 받아쳐 2루수 키를 넘겼다.

주자 1, 3루.

깊은 안타가 아니라 2루 주자가 3루에 머물렀지만 투수를 압박하는 데는 오히려 나았다.

"황운비!"

열화 같은 응원을 등에 업고 운비가 타석에 섰다. 이제 수찬, 덕배와 더불어 중심 타선을 이룬 운비였다. 타격도 나쁘지 않아 예선을 합쳐 0.312. 슬라이더와 커브를 골라내고 카운트를 잡기 위해 들어오는 직구를 받아쳤다.

빠악!

공은 우익 선상 가까이 떨어졌다. 우익수가 타구 방향을 잘 잡았지만 3루 주자는 홈인한 후였다.

스코어 2 대 1에 주자는 1, 3루. 다시 소야고가 리드를 잡았다. 더불어 강원준이 강판되었다. 덕배와 수찬으로 이어지는 타순이기 때문이다.

"양덕배! 양덕배!"

소야고의 타격 2인방으로 불리는 덕배가 나왔다. 수찬에 비해 장타력은 뒤지지만 타율은 오히려 높은 덕배. 볼카운트 2—2에서 5구째 날아온 커브를 통타했다. 공은 3루수의 글러브를 지나 유격수에게 잡혔다. 하지만 역모션이라 송구를 포기했다. 내야 안타가 되면서 노아웃 만루가 되었다.

"마음 놓고 한 방 갈겨라."

박 감독이 수찬의 등을 밀었다.

빠악!

수찬은 초구부터 방망이를 돌렸다. 공은 3루수 깊은 땅볼이 되었다. 운비가 홈으로 뛰었지만 송구가 빨랐다. 아쉽게도 원아웃이 되었다.

다음 차례를 세형이 이었다. 독기를 품고 나온 세형, 투수의 130킬로미터 직구를 제대로 받아쳤다. 공이 쭉쭉 뻗어나갔다. 소야고와 부삼고의 더그아웃이 일제히 공의 궤적을 좇았다.

"홈런!"

더그아웃에서 희망 사항을 외치지만 공은 펜스 앞에서 힘이 빠졌다. 우익수가 달려와 공을 받아냈다. 3루 주자가 태그업을 했다. 희생플라이가 된 것이다.

게임 스코어 3 대 1.

이후의 공방은 소득이 없었다. 8회까지 운비는 여섯 타자 연속 범퇴를 기록하며 무력시위를 펼쳤다. 출루는 단 둘이었다. 그중 하나가 양아섭이었으니 무려 9구까지 가는 파울 실랑이 끝에 볼넷을 허용하고 말았다.

계투로 나온 부삼고 투수도 선방했다. 매회 안타를 맞았지만 점수를 내주지는 않았다.

9회 초.

소야고 선수들이 마지막 수비를 위해 마운드로 달려 나갔다.

"무적 소야! 무적 소야!"

"황운비! 황운비!"

구장이 들썩거리고 있다. 전국체전 우승을 했다지만 진정한 챔피언으로 보기는 힘들었다. 전반기 주말리그의 왕중왕이자 전통의 황금사자기를 염원하는 동문, 학부모들이 목이 터져라 운비를 응원했다. 아웃 카운트 세 개만 잡아주면 전통의 황금사자기를 품에 안을 수 있었다.

승기는 소야고 편이었다. 마운드의 수호신 황운비, 8번 타자와 9번 타자를 땅볼과 삼진으로 돌려세우며 K 숫자를 늘려갔다. 운비의 공은 여전히 위력적이었다.

"투아웃!"

1번 타자가 나오자 세형이 악을 썼다. 마지막 파이팅을 불사르자는 뜻이다.

"잘 가세요! 잘 가세요!"

게임 오버를 바라는 노래가 울려 퍼졌다.

초구는 몸 쪽 포심을 하나 꽂았다. 파울이 되었다. 2구는체인지업을 택했다.

따악!

타자의 배트가 돌았다. 유격수 앞 땅볼이다.

"와아아!"

게임 셋으로 생각한 더그아웃과 응원단이 일제히 일어섰

다. 거기서 문제가 생겼다. 유격수 글러브 안으로 들어간 공이 빠지지 않은 것. 경기를 끝내려는 마음이 너무 급한 탓이다. 유격수 에러로 기록되며 타자가 살았다.

"부삼고! 부삼고!"

부삼고 응원석도 마지막 희망을 놓지 않았다. 소야고의 에이스라지만 점수는 한 점 차. 더구나 이제 2번 타자를 위시해 클린업트리오로 이어지는 타순이다.

"괜찮아! 괜찮아!"

운비가 내야를 안정시켰다. 까짓것, 돌려세우면 그만이다. 견제구부터 던졌다. 세형의 도루 저지 능력을 고려한 것. 하지만 1구가 날아가는 사이에 주자가 뛰었다. 세형이 송구 자세에서 멈췄다. 서두르다가 공을 흘린 것이다.

어수선한 분위기에서 2구가 날아갔다. 여기서 몸에 맞는 공 판정이 나왔다. 대각으로 파고드는 공이 홈 플레이트에 바짝 붙은 타자 유니폼 끝을 스친 것이다. 박 감독이 항의했지만 받아들여지지 않았다.

투아웃에 1, 2루.

다시 위기가 찾아왔다. 장타가 나오면 바로 동점이 될 판이다.

"와아아! 와아!"

부삼고 응원석이 달아오르기 시작했다. 3번 타자 양아섭이 등장했다. 그 뒤로는 4번 공신수가 대기 타석에서 방망이를 조율 중이다.

3번과 4번.

상황이 상황이다 보니 아까와는 다른 무게감으로 다가온다. 막 같은 게 느껴졌다. 관중의 함성이, 경기장의 분위기가 온몸을 찍어 눌렀다. 큰 게임, 결승전의 압박, 운비는 그게 뭔지 알 것 같았다.

박 감독이 타임을 걸고 마운드로 올라왔다.

"강심장 황운비도 긴장을 하는구나. 하긴 그러니까 결승전이지."

박 감독이 정곡을 찔러왔다.

"뭐, 심장이 쫄깃해지고 좋은데요."

운비가 웃었다.

"찜찜하면 걸러라. 저놈은 선구안에다 배팅 감각이 좋으니까 베이스 채우고 4번이랑 승부 보자."

"그냥 맞장 뜨면 안 될까요?"

"맞장?"

"예."

"자신 있냐?"

"예."

"그럼 볼카운트 봐서 결정해라. 불리하면 무리하지 말고."

"고맙습니다."

"주자들 뛸 거다. 신경 끄고 타자와만 상대해라."

"예."

"짜식!"

박 감독은 운비의 등짝을 쳐주고 마운드를 내려갔다. 중견 수로 나가 있는 덕배를 바라보았다. 덕배와 양아섭, 아슬아슬 하게 수위타자를 다투고 있다. 어제까지는 양아섭이 유리했지 만 오늘 안타를 치지 못한 양아섭. 그러나 덕배는 3타수 3안 타의 맹타를 휘둘렀기에 수위타자를 넘보게 되었다.

여기서 운비가 양아섭을 범타나 삼진으로 돌려세우면 덕배 가 수위타자를 먹는다. 하지만 볼넷으로 내보내고 9회에서 경 기가 끝나면 양아섭이 수위타자가 된다.

'그건 안 되지.'

한 타석을 줄여야 할 상황.

저격 삼진.

운비가 노리는 건 그것이었다.

까칠한 덕배. 한때는 그 에너지가 삐딱했지만 지금은 아니 었다. 3학년이 되고 주장을 맡으면서 그는 변했다. 에너지가 묵직한 리더십으로 변한 것이다. 그렇기에 땀도 많이 흘렸고 후배들도 잘 이끌고 있었다. 운비가 에이스라면 덕배는 야전 캡틴. 운비는 그 캡틴에게 영광을 선물하고 싶었다. 그는 그만

한 자격이 있었다.

가만히 로진백을 집어 들었다. 송진 냄새를 맡으니 마음이 편안해졌다. Slow and Steady. 호흡을 고르며 천천히 투수판을 밟았다.

"양아섭! 양아섭!"

부삼고 응원석이 목이 터져라 양아섭을 연호했다. 양아섭의 눈빛은 매처럼 매서웠다. 운비에게는 또렷이 보였다. 어쩌면 그의 숨결 한 올까지도.

무엇을 노릴까, 내가 타자라면?

투수는 언제나 타자의 허를 찔러야 한다. 수 싸움은 피할 수 없는 일이다.

'역으로 간다.'

기분 전환으로 커브!

운비가 뽑아 든 초구였다. 초구는 주로 포심을 뿌려대는 운비. 그 당연한 법칙을 거슬러 버렸다.

"스뚜악!"

심판이 콜을 했다. 제법 각이 생기며 스트라이크존에 아슬아슬하게 걸친 공이었다. 그사이에 주자들이 더블스틸을 감행했다. 세형이 3루 견제구를 던졌지만 주자가 살았다.

투아웃 2, 3루.

부삼고 응원석이 활화산처럼 타올랐다. 운비의 2구, 포심이

볼 판정을 받자 더욱 그랬다. 3구째는 커터를 꽂았다. 비슷한
궤적으로 공이 날아오자 양아섭의 방망이가 나왔다.

빠악!

방망이가 두 동강이 나서 뻗어갔다. 공은 뒤로 날아가 파울
이 되었다. 볼카운트는 1—2가 되었다.

'공 하나 더 빼?'

세형이 당연한 요구를 해왔다. 운비가 고개를 저었다.

'그냥 승부?'

고개를 끄덕이며 결정을 전했다.

'씨발. 저 강심장.'

미트를 주먹으로 친 세형이 자세를 잡았다. 양아섭의 눈빛
도 칼날처럼 일어섰다. 그는 포심을 노리고 있을 것이다. 방망
이 센스가 좋기에 안타가 나올 수도 있었다. 장타 하나 맞으
면 동점. 게다가 분위기는 부삼고로 넘어갈 팔.

그러나 두렵지 않았다.

'칠 테면 쳐봐.'

마음을 잡은 운비는 손마디 깊이 잡은 실밥을 죽어라 긁으
며 위닝샷으로 회심의 커터를 안겨주었다. 구속보다 회전에 무
게를 둔 공이다.

'기다렸다.'

양아섭의 방망이가 돌았다. 그 역시 죽기 살기로 휘두른 배

팅이다.

빠악!

모든 눈동자가 소리를 향해 모여들었다. 공이 방망이 아래쪽에 맞으며 훌쩍 솟았다. 하지만 궤적이 좋지 않았다. 주자들이 미친 듯이 달렸다. 2루 주자는 이미 3루를 돌았다. 소야고쪽에서는 유격수와 우익수, 좌익수가 치달았다.

"덕배 형!"

운비가 소리쳤다. 덕배의 귀에 그 소리가 들어왔다. 운동장 안에서 게임을 읽는 눈이 독보적이라는 걸 아는 덕배. 허벅지가 터져라 뛰었다. 공이 낙하하고 있다. 유격수는 위태롭고 중견수도 한 발이 모자랐다. 순간, 덕배가 지면을 박차며 몸을 날렸다.

"……!"

구장이 잠시 침묵에 휩싸였다. 공은 덕배 글러브에 들어갔지만 다이렉트인지 원 바운드인지 미묘한 상황이었다. 글러브를 번쩍 든 덕배, 흙투성이가 되어 심판을 바라보았다.

"……."

"아웃!"

심판의 주먹이 허공에서 흔들렸다. 행운의 안타가 될 뻔한걸 덕배가 걷어낸 것이다.

"으아아!"

가슴을 졸이고 있던 소야고 더그아웃이 그라운드로 쏟아져 나왔다. 응원석도 발을 구르며 감격을 만끽했다. 신생 소야고, 창단 이후 처음으로 전통의 황금사자기를 품에 안는 순간이었다. 덕배와 감격을 나눈 선수들이 운비에게 생수 세례를 퍼부었다. 다음은 박 감독이었다. 박 감독은 선 채로 세례를 받았다. 백 번을 받아도 행복할 세례였다.

"서해의 푸른 바다~ 누가 맞서랴~ 우리가 가는 길은 영광뿐이다~ 안으로 다진 지식~ 미래를 위해 우애로 다진 결속~ 겨레를 위해~"

운비와 선수단도 함께 노래를 불렀다. 노래가 끝나자 모자 던지기 헹가래가 이어졌다.

"와아아!"

응원단의 박수가 그치지 않았다. 무명의 설움을 딛고 정상에 선 소야. 지난해 초가을부터 일기 시작한 파란을 실증하는 순간이었다. 야구 명문고의 반열에 당당히 이름을 올리는 순간이었다.

대회 최우수선수상은 운비에게 돌아갔다. 타격상은 덕배가 받았다.

"황운비!"

상을 받은 덕배가 운비를 안았다.

"아, 존나 멋진 새끼……."

덕배는 울먹이느라 뒷말을 잇지 못했다. 작년 이맘때의 덕배와는 완전 딴판이다.

"형, 울어?"

운비가 슬쩍 염장을 질렀다.

"씨발 놈아, 울긴 누가 울어? 오덕이 자식이 뿌린 생수가 묻은 거지."

덕배는 울음을 급웃음으로 바꾸며 허세를 떨었다. 덕배답지 않은 귀요미 허세였다.

4. 전설적 스카우터 빌 스칼렛

＜고교생 커터 명인 황운비, 황금사자기를 관통하다.＞

목동구장에 커터 명인 리베라가 떴다면 누가 믿을까? 하지만 기자는 보았다. 최고 구속 150㎞/h에 최고 RPM 1,860을 찍은 커터는 어린 리베라로 착각하기에 충분했다. 주인공은 바로 신흥 강호로 떠오른 소야고의 에이스 황운비였다.

무명 소야고에게 두 개 대회 연속 우승기를 안긴 황운비는 원래 배구 청소년 대표 선수 출신이다. 그런 그가 야구로 전향해 고교야구의 지도를 바꾸고 있었다. 우연이 아니다. 데이터의 스포츠라는 야구이니 기록상으로도 증명이 되고 있었기 때문이다.

황금사자기대회 투수 황운비는 예선을 포함해 6승을 거머쥐었다. 팀이 올린 승의 절반 이상을 책임진 셈이다. 그 핵심이 바로 커터였다.

'메이저리그 스카우터들이 가장 주목하는 선수.'

이 말의 주인공은 메이저리그의 스카우터, 그중에서도 아시아 야구에 가장 정통하다는 스카우터의 입에서 나왔다. 그가 분석한 정보를 입수한 기자의 입이 벌어질 수밖에 없었다. 바로 3년 후, 5년 후가 기대되는 황운비의 자료 때문이다.

커터는 리베라의 전유물처럼 불렸다. 그는 홈 플레이트 3미터 앞에서 변하는 컷패스트볼과 포심, 단 두 가지 구질을 앞세워 퍼펙트 클로저의 명성을 날렸다. 생각해 보라. 투수판과 홈 플레이트의 거리는 18.44미터. 150킬로미터의 강속구라면 0.4초가 걸린다. 타자는 공이 절반 정도 날아온 시점에 스윙 여부를 결정해야 한다. 그런데 공이 3미터 앞에서 비로소 종으로 변화를 시작한다. 타자는 대처할 방도가 없다. 언터처블이 될 수밖에 없는 이유이다.

그 뒤로 등장한 멜란슨과 잰슨 역시 파워 커터로 리그를 지배하고 있다. 흥미로운 건 이들의 구속과 RPM이다.

리베라 1,500.

잰슨 2,600.

리베라는 포심과 커터의 회전수가 거의 같았다. 타자들은 두 공을 구분하느라 매번 타율을 까먹었다. 잰슨은 조금 다르다. 잰슨의 커터는 RPM이 메이저리그 평균 회전수의 두 배에 달하는 2,600을 찍는다. 압도적인 회전수로 리베라보다 훨씬 많은 이닝당 삼진율을 자랑한다. 리베라의 통산 삼진율이 8.2에 이르지만 잰슨은 14.1을 마크하고 있다.

스카우터들이 주목하는 건 황운비의 포심 RPM이다. 황금사자기 본선에서 황운비는 2,300대를 찍었다. 국내에도 2,500을 찍는 투수가 있지만 황운비와 다르다.

우선 하드웨어가 독보적이다. 그는 메이저리그에서 선호하는 장신에 속한다. 스카우터들의 자료에 따르면 205센티미터까지도 성장이 가능하다. 나아가 썩어도 준치라는 좌완이다. 야구를 일찍 시작하지 않아 싱싱한 어깨도 장점에 속한다. 독보적인 에이스임에도 팀에서 어느 정도 등판 조율을 해주는 것과 최약체로 평가되는 팀을 이끌고 있는 멘탈도 분석에 보너스가 되었다.

스카우터들은 향후 황운비의 성장 방향에 촉각을 곤두세우고 있다.

1안은 〈리베라 스타일〉로 정리된다.

현재 연습구 최고 구속 150에 실전 구속 148, 최고 RPM 2,400선의 포심을 구사하는 황운비가 포심과 커터의 회전수를 비슷하게 맞추는 경우.

2안은 <잰슨 스타일>로 불린다.

커터를 특화시켜 RPM을 2,500 이상 끌어올려 위닝샷으로 삼는 경우.

둘 중 하나만 완성시켜도 메이저리그를 호령할 투수가 될 것으로 레포팅이 되고 있는 것이다.

과연 황운비는 어느 방향으로 성장할까? 그러자면 혹사를 피해야 하고 철저한 관리와 체계적인 훈련이 동반되어야 한다. 그렇게만 된다면 우리는 리베라를 능가하는 토종 커터 명인을 메이저리그에서 만날지도 모른다. 그 열쇠의 한 축은 소야고의 박철호 감독에게 달려 있다. 황운비가 아직 2학년이기 때문이다. 감독들의 과욕으로 무너진 유망주가 셀 수도 없이 많기 때문이다.

다행스러운 것은 그 역시 고등학교 시절에 혹사당해 일찌감치 프로 생활을 접었다는 것. 혹사가 유망주에게 무엇을 안겨줄지 아는 지도자이기에 미래의 리베라를 기대해도 좋을 것 같다.

마무리를 하면서 스카우터들의 보고서 마지막 장을 인용한다. 그 장은 성공적인 성장을 한 후에 황운비에게 기대되는 메이저리그의 승수였다. 놀라지 마시라. 거기 적힌 승수는 자그마치 <20승>이었다. 통산이 아니라 매 시즌이다.

〈스포츠 오늘 차혁래 야구담당기자 chahr@soneul.com〉

기사를 쓴 기자는 차혁래였다.

"좋냐?"

기사를 본 박 감독이 운비에게 물었다.

"헤헷!"

"어느 쪽으로 가고 싶냐?"

"기사대로라면 리벤슨요."

"리벤슨?"

"리베라와 잰슨 합성어요. 둘 다 하면 안 될까요?"

"짜식, 욕심은……."

"리베라도 멋지고 잰슨도 멋지잖아요."

"그렇다면 당장 할 일이 있지."

"연습!"

"아는구나? 연습이 따르면 둘 다 가능할 수도 있지만 연습이 없다면 둘 다 꽝이다."

"알겠습니다."

운비가 대답했다. 격하게 공감되는 말이었다.

차혁래 기자의 기사와 황금사자기 우승. 운비가 확실하게 노출된 계기였다. 국내는 물론 메이저리그, 재팬리그 등에서 날아온 스카우터들의 초유의 관심이 시작되었다. 운비는 이제 소야고만의 운비가 아니었다.

그 기세를 업고 후반기 주말리그 예선도 3연승 가도를 달렸다. 그러다 또 일격을 당했다. 4 대 0의 리드를 잡아놓고 운비가 내려간 6회 이후 7 대 5로 역전패를 당한 것. 영길과 우창 등이 사력을 다했지만 한 번 뒤집힌 분위기를 반전시키지 못했다. 그러다 보니 운비가 나오면 상대팀 감독들이 즐겨 쓰는 전략이 되었다. 웬만하면 투 스트라이크를 먹고 시작해 운비의 진을 빼는 것이다. 확실히 야구는 혼자 하는 스포츠가 아니었다.

그날 세형은 고개를 들지 못했다. 패배의 빌미가 세형이었다. 허용한 도루만 네 개였다.

도루 저지율.

애를 쓰고 애를 써도 극복되지 않는 한계였다. 블로킹과 투수 리드는 큰 흠이 없는 세형. 어깨도 나쁘지 않지만 송구가 정확하지 않았다. 원래 포수의 도루 저지율이 30%를 넘으면 A급에 속한다. 세형은 10%도 간당거릴 정도로 좋지 않았다.

도루 허용의 70%가 투수 탓이라는 말도 있지만 투수를 탓할 수도 없었다. 세형이 주로 짝을 이루는 투수가 운비이기 때문이다. 운비는 좌완이고 견제 동작과 함께 주자가 있을 때

투구 시간도 빠른 편에 속했다.

늦은 밤, 운동장에서 커터를 연마할 때 순기가 다가왔다. 아까부터 세형이 안 보인다고 한다. 전화를 했다. 받지 않았다. 전화기는 녀석의 가방 속에 있었다. 어디 가서 혼자 청승 맞게 꺽꺽거리기라도 하는 걸까? 가까운 곳부터 찾아보았다. 보이지 않았다.

가방을 챙겨 들고 나섰다. 속상한 세형이 갈 곳이라면 딱한 군데가 있다.

그는 해변의 거북바위에 있었다. 운비와 잘 가던 곳이다. 거기서 밤바다를 바라보며 한숨을 내쉬고 있었다.

"뛰어내리려고?"

운비가 슬쩍 그 옆에 앉았다.

"……."

"도루 몇 개에 목숨 거냐?"

"병신."

"그래서 뭐?"

"넌 내 마음 몰라. 요즘 우리 팀, 방방 나는데 나만 숭숭 구멍이잖아?"

"네가 왜? 넌 우리 팀 주전포수야."

"구멍포수."

세형은 자괴감을 숨기지 않았다.

"귀한 에이스님은 가보셔. 죽어도 바다에 빠지지는 않아. 나 물귀신 되는 거 싫거든."

"진짜지? 약속이다?"

"그래."

"그럼 조금만 고독 떨다 와라. 아니면 죽는다."

운비는 세형의 등을 쳐주고 돌아섰다. 혼자 있고 싶을 때는 혼자 있어야 한다. 승우일 때 그런 적이 많았다. 죽어도 자라지 않는 키, 죽어도 붙지 않는 스피드. 변화구를 익히면 뭘 하나? 그런 좌절감 때문이다. 패스트 볼이 받쳐주지 않는 변화구는 한계가 있었다.

쏴아아, 쏴아아!

밤바다의 파도가 장막처럼 몰려왔다. 해안도로 쪽에서 웅성거림이 들려왔다. 사고였다. 뒤차가 앞차를 들이박았다. 사상자가 나온 모양이다. 기분이 이상해졌다.

"……!"

돌아서던 운비가 걸음을 멈췄다.

사고.

작년 이맘때 운명처럼 일어난 그 사고. 기억이 파노라마를 이루며 빠르게 되감겼다. 그때 주말 리그 최종전에서 깨지고, 곽민규를 만나고, 엄마의 생일, 곽민규가 준 게임기…….

'게임기?'

앗!

그러고 보니 오늘이 그날이었다. 게임기에서 큐빅을 얻은 날, 운비의 몸을 받은 날.

〈매년 오늘, 다음 과정 도전권을 한 번 행사할 수 있습니다.〉

기억 속에 묻혀 있던 말이 떠올랐다. 다음 과정 도전권? 매년 오늘? 그렇다면 오늘 게임기가 작동된다는 걸까? 가방을 열고 게임기를 꺼냈다. 분신처럼 가지고 다니는 게임기. 꿀꺽 침을 넘기고 스위치를 밀었다.

On!

삐릿삐비빗!

"......!"

운비는 놀라서 게임기를 떨굴 뻔했다. 묵묵부답이던 게임기에 단박에 불이 들어왔다. 그리고 거짓말처럼 그날 들은 멘트가 이어졌다.

〈다음 과정에 도전하시겠습니까? 도전에 성공하면 세부 스킬을 얻을 수 있습니다.〉

세부 스킬?

〈원하시면 Power와 Player 버튼을 동시에 눌러주시고 원치 않으면 게임기를 Off로 돌려주시기 바랍니다.〉

다음 과정?

세부 스킬?

뭘 말하는 걸까? 이미 타자의 핫 존과 콜드 존을 볼 수 있다. 체력 회복력도 확인했다. 그런데 뭐가 또? 호기심이 머리를 휘저었다. 게임기에 수호령이 아른거렸다. 요행 따위는 바라지 않지만 기왕 시작한 일이다.

자판의 [Shift], [Del] 키를 누르듯 두 키를 동시에 눌렀다.

삐빗!

소리와 함께 세상에 불이 꺼졌다.

"……."

삐빗!

빛은 오직 게임기에만 있었다. 아슴아슴한 빛, 그 빛이 보여준 건 〈One+One 옵션〉이었다.

'One+One 옵션?'

하나 선택하면 하나를 끼워준다는 건가?

"덤으로 주는 게 아니고 다른 플레이어에게 한 가지 스킬을 선물할 수 있는 찬스입니다. 원치 않으면 중단하셔도 됩니다."

운비의 생각을 읽은 게임기가 설명했다.

'다른 플레이어?'

"계속하시겠습니까?"

"다른 선수에게 스킬을 줄 수 있다는 거야?"

"그렇습니다. 옵션이 있기는 하지만."

"그럼 할게. 어떻게 하면 되지?"

"타석에 서세요. 진행은 처음과 같습니다. 3구 안에 안타 이상을 치면 세부 스킬 하나를 확보하고 다른 플레이어 선물을 정할 수 있습니다. 물론 실패하면 아무것도 없습니다."

"오케이."

운비는 손가락을 Batter 버튼 위에 올려놓았다.

"시작합니다."

비빗비빗!

소리와 함께 붉은 공이 날아왔다. 타이밍을 맞췄지만 공이 신기루처럼 타석을 지나갔다.

"2구입니다."

삐빗!

피처 쪽에서 붉은 공이 출발했다. 이번에도 운비는 헛스윙(?)이었다. 버튼을 제대로 눌렀지만 붉은 공이 가물가물하며 지나가 버렸다.

'젠장!'

아쉬움을 떨치고 게임기를 주목했다. 비록 게임기라도 슬라이더까지 구종이 다양했다. 그렇다면 그냥 휘둘러서는 맞출 수 없었다. 이제 그게 보였다. 그러니까 처음에는 운이 좋았던 거다. 아니, 어쩌면 수호령의 도움일 수도 있지만.

하지만 투구에 눈을 뜬 지금에까지 행운을 바랄 수는 없었다. 고민하는 사이에 3구가 피처판을 떠났다. 공의 궤적을 보왔다. 단순히 붉은빛 같지만 흔들림이 달랐다. 비틀거렸다. 그 렇다면 이번 공은 커브였다.

팟!

홈 플레이트에 도달했다고 생각되는 순간, 운비는 진짜 커 브를 받아치듯이 버튼을 눌렀다. 공이 맞았다. 붉은 공이 1루 수 판 옆을 아슬아슬하게 빠져나갔다. 안타였다.

"와우!"

저도 모르게 환호가 나왔다. 행운이 아니라 실력으로 만든 안타였다.

"축하합니다. One+One 옵션을 행사할 수 있습니다. 우선 플레이어의 세부 스킬을 골라주세요."

"뭐가 있는 거지?"

"랜덤입니다. 타조의 신성 시력과 체력 회복력 중에서 고르 시면 됩니다."

타조의 신성 시력과 체력 회복력.

체력도 중요하지만 그보다는 신성 시력에 끌렸다. 타조의 시력 25. 그 신성한 파워로 보는 타자의 핫 존과 콜드 존. 그 런데 그 안에 또 세부 스킬이 있다는 건가? 있다면 끝장을 보 고 싶었다.

"1번 스킬."

주저 없이 신성 시력을 골랐다. 그러자 수비수 포지션 전체에서 삐빗삐빗 하며 붉은빛이 터져 나왔다. 빛 속에 몇 가지 스킬이 아른거렸다.

3. 존 타율 정밀 분석.

1. 취약 구질 분석.

4. 타자 컨디션 분석.

5. 타구 방향 분석.

2. 히팅 파워 분석.

멋대로 뒤섞여 번쩍이던 불빛이 1번에서 멈췄다.

〈타율 정밀 분석〉

"축하합니다. 타조의 신성 시력 중에서 타율 분석 스킬 트리를 타게 되었습니다. 이 스킬은 세부 스킬이므로 조건이 충족되어야 발현됩니다. 조건은 현재 보이는 9존이 25존으로 확대되는 날 비로소 충족됩니다."

'25존?'

"매직 존을 볼 때마다 매직 머니가 쌓입니다. 매직 머니 조건이 충족되면 확장판인 25존이 열리게 됩니다."

"매직 머니 상태창 같은 건 없던데?"

"큐빅 속에 세이브되고 있습니다. 당신은 그저 열심히 보기만 하면 되지요."

'뭐라니?'

"다음 One+One 옵션 행사 차례입니다. 스킬을 받을 플레이어 이름을 생각하며 선택해 주세요. 스킬 선택은 1~10번 사이에서 하나만 가능합니다."

'그렇다면······.'

주저 없이 스킬 9번을 찍었다.

〈스킬9: 빨랫줄 도루 저지력 20% 향상〉

세형을 위한 선물이다. 운비와 단짝 배터리다. 눈빛만 봐도 뭘 원하는지 알 수 있다. 하지만 그래서가 아니었다. 세형은 집안이 가난하다. 오죽하면 연습용 배트도 빌려 쓸 때가 있었다. 프로구단에 연습생으로라도 가지 못하면 좋아하는 야구를 접고 택배 분류 알바를 뛸 판이다. 그래서 돕고 싶은 운비였다.

"이 옵션의 선택은 3분 안에 수행돼야 합니다. 지금부터 3분 안에 호명한 플레이어가 Batter 버튼은 세 번 누르면 24시간 후에 그의 의식 인벤토리에 저장되어 발현됩니다. 이것으로 21세기 첫 이벤트 게임을 종료합니다. 당신에게 배당된 마지막 게임은 3년 후 그해의 크리스마스이브 날 딱 한 번의 찬스로 시도가 가능함을 알려드립니다. 단, 랜덤 찬스이기에 게임기의 작동은 보장할 수 없습니다."

"으악! 3분? 진작 말해주지!"

멘트가 끝나기도 전에 뛰었다. 운비의 호명은 이세형. 그놈은 지금 저 해변의 바위 위에 처량함의 끝판왕이 되어 있다.

핸드폰도 없이.

"이세형! 이세형!"

미친 듯이 달리며 불러댔지만 응답이 없다. 당연한 일이다. 바람과 파도가 일어서고 있었다. 게다가 상심한 세형이니 들릴 리가 없었다.

2분, 2분 30초······.

전력 질주를 하지만 바위는 아직 멀었다.

"이세형! 야, 이 새끼야! 대답 좀 해! 이리 좀 뛰어오라고!"

겨우 세형이 보이지만 돌아보지도 않는다. 남은 시간은 15초. 운비는 3루 땅볼 때 홈 대시를 하는 심정으로 폭주해 갔다. 3초 전. 운비는 비로소 세형에게 닿았다.

"왜?"

세형이 무심하게 돌아보았다.

"이거··· 이거 세 번 눌러라. 어서!"

운비가 게임기를 내밀었다.

"야, 황운비."

"어서··· 제발··· 플리즈······."

1초 전, 운비는 세형의 손가락을 끌어당겨 버튼을 세 번 두드렸다. 그러자 게임기에서 나온 빛이 세형의 손을 타고 퍼지는 게 보였다. 그제야 운비는 세형의 옆에 늘어져 버렸다.

"하아하아!"

심장이 터질 것 같았다. 숨이 차서 그랬고, 간신히 시간을 맞춰서 그랬다.

"야, 나한테 왜 그러는데?"

영문을 모르는 세형이 물었다.

"됐고, 너 나 믿냐, 안 믿냐?"

"믿지."

"그럼 너 그 꿀꿀한 표정 바다에 던져 버려라. 삼구 삼진처럼 시원하게."

"뭐?"

"너 이제 도루 저지 잘하게 될 거다."

"뭐?"

"아니면 내 손에 장을 지진다."

"쳇, 그건 저번에 취재 온 차혁래 기자님이 한 말이잖아? 손가락에 고추장 바르고 와서 장 지졌다고 취재에 좀 응하라고."

세형이 코웃음을 터뜨렸다. 맞는 말이다. 차혁래가 특집 기사를 쓰러 왔었다. 운비는 장 지지는 건 어떻게 되었냐고 물었다.

─네가 야구로 성공하면 내 손에 장을 지진다.

그 말을 잊지 않은 것이다. 차 기자는 고추장을 문지르고 왔다. 성의가 괘씸해서 지난 일은 잊은 운비였다.

"아무튼 내 말 믿어라. 너 이제 도루 저지율 문제없어."

"야."

"대신 존나게 연습해라. 알았지?"

운비의 손이 세형의 두 어깨를 짚었다. 형제처럼 믿고 의지하는 소야고의 배터리. 후보의 서러움을 딛고 주전으로 우뚝선 두 사람. 그렇기에 세형은 운비를 믿었다. 물론 도루 저지 능력이 어쩌고 하는 건 그냥 위로로 받아들였다. 바닷바람을 쐬니 기분이 가라앉은 것이다.

이어진 주말리그 예선에서 세형은 게임기의 매직을 확인하게 되었다.

"도루 저지 연습할 만큼 했지?"

모자를 챙기며 운비가 물었다.

"연습이야……."

"그럼 눈 감아봐라. 뭔가 보일 거다."

"여자 나체?"

"깝치지 말고."

운비가 세형을 쥐어박았다. 세형은 마지못해 눈을 감았다. 세형은 보았다. 의식 속에 떠오르는 아련한 큐빅 하나. 어쩐지 어깨가 포근해지는 것 같았다.

"경기장에 들어서면 그걸 떠올려라. 네 어깨에 자신감이 붙을 거야."

운비는 세형의 어깨를 두드려 주었다.

이때부터 세형은 물포수가 아니었다. 누구도 함부로 도루를 하지 못했다. 두 경기에서의 도루 저지율은 90%에 가까웠다. 이전과는 반대의 결과였다. 자신감이 생긴 세형은 타격까지도 좋아졌다. 블로킹과 포구만 좋던 세형. 반쪽짜리 포수에서 일급으로 변모해 갔다.

팡!

주말리그 마지막 예선전, 공비고의 타자가 도루를 시도하자 세형의 빨랫줄 송구가 날아갔다. 공은 뛰어들어 오는 유격수의 미트에 미사일처럼 꽂혔다. 세이프 타이밍이었지만 슬라이딩을 하는 방향에 정확하게 뿌려준 덕에 자동 태그가 된 것이다.

"아웃!"

심판의 콜에 세형이 새로 태어났다. 늘 부정확한 송구로 주자에게 진루를 헌납하던 물포수. 그 아킬레스건을 잘라 버린 것이다.

"아웃!"

다음에도, 그다음에도 빨랫줄 송구는 이어졌다. 운비처럼 세형의 도루 저지 능력은 우연이 아니었다. 그의 어깨에 백두산처럼 높은 자부심이 솟구쳤다. 만만한 안방마님은 이제 소야고에 없었다.

한 경기에 도루 세 번 저지. 성공률 100%. 세형이 운비를 향해 엄지를 세워 보였다. 이때부터 세형도 국내 프로구단 드래프트 순위에 이름을 올렸다.

자신감 넘치는 세형을 보며 운비는 생각했다.

'세부 스킬……'

그건 뭘까? 아홉 개로 나눠 보이는 스트라이크존은 언제 스물다섯 개로 보일까? 그런 날이 오기는 할까? 심정을 말하자면 별 상관 없었다. 현재의 능력만 해도 행복했다. 더 바라는 건 사치로 보였다. 부족한 건 연습으로 극복하면 될 일이었다.

'암!'

운비는 스스로를 채찍질했다.

결국 청룡기 우승까지 품었다. 본선 2회전 충안고와의 대전에서 초반에 3 대 0으로 끌려가기도 했지만 8회에 승부를 뒤집는 저력을 과시했다. 운비는 3승을 책임지고 방어율 1.16을 찍었다. 최우수선수상에 우수투수상까지 함께 받았다.

우승 축하연을 마친 밤이다. 시원하게 콜라를 마시며 집으로 가는 길, 황금석의 벤츠 앞에 누군가 서 있다.

"황운비 선수."

그중 한 사람이 다가왔다. 가족들과 함께 오던 운비가 고개를 들었다.

"아는 사람?"

윤서가 물었다. 운비는 고개를 저었다.

"아, 실은 여기 이분이 메이저리그 아시아 담당 스카우터십니다."

남자는 통역이었다. 그 옆에 선 사람의 모습이 가로등 아래서 드러났다. 지팡이만 짚으면 KFC 앞에 서 있는 할아버지 비주얼로 안면이 있는 그 서양 노인이었다.

"반갑습니다, 황 선수."

백발의 그가 손을 내밀었다. 운비는 머릿속이 하얗게 변했다. 스쳐 가던 때와 달랐다. 뭔가 운명적인 느낌이 뇌리를 치고 갔다. 홀린 듯 손을 잡았다. 눈과 눈이 마주치는 순간, 운비는 가슴이 쿵쾅거리는 걸 느꼈다. 매의 눈이 거기 있었다. 타조의 눈 같기도 했다. 마치 운비를 꿰뚫는 것 같으면서도 푸근한 시선. 정말이지, 기묘한 눈빛이었다.

"우리 구면이지?"

노인이 솜사탕처럼 푸근하게 웃었다.

"네."

공손히 숙이던 운비의 고개가 중간에서 멈췄다.

"……!"

하마터면 현기증까지 날 뻔했다. 노인의 손에 들린 물건 때문이다. 게임기였다. 운비에게 기적을 안겨준 그 게임기. Epoch Electronic Baseball 게임기가 노인 손에 있었다.

"그 게임기?"

운비가 고개를 들었다.

"Do you know this game machine?"

"이 게임기를 아냐고 물으십니다."

노인의 말을 통역이 전해왔다. 한국어를 하지만 능통하지는 못한 모양이다.

"저도 있어요."

운비가 웃었다. 그 말을 전해 들은 노인이 운비의 손을 한 번 더 잡았다.

"그거 되나요?"

운비가 물었다.

"안 되는데 딱 한 번?"

노인이 웃었다.

딱 한 번.

그 말이 한 번 더 운비의 뇌리를 헤집어놓았다.

"한국의 지인 집에서 우연히 얻었는데 작동은 안 된답니다. 그런데 우연히 딱 한 번 되었다고 하네요. 2루타를 쳤대요."

"……!"

2루타, 운비의 머리카락이 쭈뼛 솟구쳤다. 운비가 친 것도 2루타였다.

"스칼렛께서 오래전 옛날에 아들에게 선물한 기억이 있어 반가운 나머지 떼를 써서 얻어왔다고 하네요."

통역이 계속 말을 이어놓았다.

"그런데 무슨 용건이신지……?"

거기서 황금석이 나섰다.

"이분 성함은 빌 스칼렛입니다. 메이저리그 스카우터로서 여러 구단에 아시아 각국의 우수한 선수를 소개하는 일을 맡고 있지요. 마음에 꽂힌 선수가 아니면 나서지 않아 유명세는 덜하지만요."

스카우터!

역시 그랬다. 처음에 세형이 한 말이 맞았다.

통역이 백발을 소개한 후 말을 이었다.

"평소 황운비 선수에 관심이 많던 차에 우연히 만나게 되어 인사라도 하자고……."

"스카우트 때문인가요?"

"아직은 레포팅 단계라고 하십니다."

"그러시다면 내일 만나도……."

"맞습니다. 원래 학교에 연락할 생각이셨는데 오늘 우연히… 바로 저기가 이분 숙소거든요."

통역이 가리킨 곳은 허름한 모텔이었다.

"모텔이요?"

"문제가 있나요?"

"그런 건 아니지만……."

"황운비 선수 가족까지 만나게 되어 반갑다고 하십니다. 밤이 늦었으니 오늘은 인사로 족하시다고……."

"아, 예."

"굿 나잇, 황운비 선수!"

빌 스칼렛은 친할아버지처럼 어깨를 쳐주고 돌아섰다. 두툼한 등짝까지도 푸근하다. 운비는 스칼렛의 실루엣에서 눈을 떼지 못했다. 스칼렛의 손에 들린 게임기와 함께 뭔가 모를 운명의 속삭임이 느껴졌다.

"운비야!"

윤서가 운비의 정신줄을 흔들었다.

"응?"

"초면 아니야?"

"응? 구장에서 본 적 있어."

"그런데 왜 정신줄을 놓고 있어?"

"응, 응……."

"얘는, 메이저리그 스카우터라잖니? 운비가 제정신이겠니?"

방규리가 끼어들었다.

"엄마는, 메이저는 무슨……. 거긴 천문학적 예산으로 노는 곳인데 거기서 온 사람이 저렇게 구린 모텔에 있겠어?"

"어머, 그건 그러네."

"보나마나 사기꾼일 거야. 우리 운비 선점해서 커미션 먹으려는 브로커."

"맞다. 요즘 그런 사람들도 많지?"

"가요. 사기를 치려면 제대로 쳐야지."

윤서가 벤츠의 문을 열었다. 황금석이 운전석에 앉고 윤서와 방규리가 뒷좌석에 앉았다. 조수석의 문을 연 운비의 시선이 자신도 모르게 모텔로 향했다. 메이저리그 스카우터. 말만 들어도 까무러칠 것 같던 상상. 그 상상이 눈앞에 등장했다. 딱히 노인이 처음인 것도 아니다. 학교의 박 감독에게도 입질이 오고 있었다.

'메이저리그…….'

운비의 입안에서 그 단어가 솜사탕처럼 녹았다. 그렇게 멀게 보이던 목표가 어느새 한 발 앞으로 다가와 있었다. 하지만 운비가 반응하는 건 그게 아니었다. 서양인 할아버지가 풍기는 이상한 이끌림, 그게 의아한 것이다.

메이저리거.

그래도 들뜨지 않았다. 메이저리거는 한둘이 아니다. 되는 건 어렵다. 하지만 더 어려운 건 그 별들 속에서 살아남는 것이다. 미국으로 건너갔다 짐 싸고 돌아온 선수가 한둘인가?
침대에 누운 운비는 허공을 향해 공을 던졌다.

'오늘 밤도 300개.'

운비는 여전히 운비였다.

소야고가 북적대기 시작했다. 운비 때문이다. 오전에 학교
를 다녀간 스카우터만 해도 셋이었다. 셋은 전부 KBO 소속
구단에서 활동하는 사람들로 그중에는 이름만 대도 알 수 있
는 전직 유명 프로선수도 있었다. 가장 적극적인 건 한하 호
크스구단이었다. 연고 구단의 이점을 살리려는 것이다. 스카
우터는 구단 고위 관계자와 동행했다.

"황운비 선수."

초면부터 친근감을 표시했다.

'사상 최고 대우.'

그들은 한마디로 말했다. 농담이 반이겠지만 백지수표를
줄 생각까지 있다고 했다. 그룹 회장의 지시도 전격적으로 떨
어졌다고 했다. 백지수표, 그건 적어도 10억 이상이라는 의미
로 보였다. 고졸 선수 10억 계약 선례가 이미 있는 까닭이다.

10억!

십여 년 전에 나온 계약금이다. 하지만 이후로 고졸 최고
계약금은 오히려 뒷걸음질을 쳤다. 구단들이 자구책을 냈기

때문이다. 그렇다고 해도 그룹 회장의 지시까지 떨어졌다면 10억 이상일 것은 분명해 보였다.

다음 차례는 국내 스포츠 에이전트사의 간부였다.

'최고 대우.'

그들의 목소리도 같았다.

큰손 메이저 구단의 스카우터들도 빠지지 않았다. 그들 역시 역대 고교선수 최고 대우를 이야기했다. 100만 불, 200만 불이 아니었다. 비공식으로는 400만 불 설까지 흘러나왔다.

마지막 손님은 빌 스칼렛이었다. 앞서 다녀간 메이저 스카우터가 세단을 타고 온 것에 비해 그는 고작 택시를 대절해 왔다. 택시비 6,500원을 꼬깃꼬깃한 천 원 권과 500원 동전으로 치렀다.

여전히 면티에 멜빵바지를 입고 있었는데 거기에서 풍기는 푸근함은 외국 영화에 나오는 이웃집 할아버지 같아 보였다.

"우선……."

소파에 앉은 그는 운비에 대한 자료를 꺼내놓았다.

"……!"

자료를 본 박 감독의 눈이 뒤집혔다. 지금까지 한 번도 본 적이 없는 자료. 한마디로 기가 막히게 체계적이었다. 거기엔 운비의 모든 것이 들어 있었다. 그러니까 그는 작년 협회장배와 전국체전 때부터 운비를 주목하고 있던 것이다. 다른 스카우터들이 황금사자기 때 운비에게 눈독을 들이기 시작한 것과 다른 눈이었다.

"싼 모텔에 머물다 보니 오랜 체류가 가능했지요. 그 시기에는 한국 야구가 끝나는 시즌이니 오히려 내게는 더 흥미로웠습니다. 그물을 거둔 어장에서 대어를 만난 기분이랄까요. 헤밍웨이의 소설 바다와 노인처럼 말입니다. 아, 노인과 바다인가요?"

통역을 통해 나온 스칼렛의 말 또한 한없이 소탈했다.

하지만 뒤에 이어진 말이 박 감독의 이마를 구기게 만들었다.

"솔직히 나는 지금 스몰마켓인 브레이브스와 파드리스를 위해 일하고 있습니다."

"……?"

박 감독이 인상을 구기자 동석한 황금석의 표정도 변했다. 박 감독이 인상을 구긴 건 당연했다. 특히 브레이브스가 그랬다. 1990년대 중반까지만 해도 양키스와 함께 메이저리그를 양분하던 최고 명문 구단. 당시 브레이브스는 동부지구의 우승이 당연시되던 강팀이었다.

그러나 2007년 중계권 '호구 계약'을 하면서 수렁에 빠졌다. 그 쪼다+호구 계약은 무려 2031년까지 예약되어 있다. 어느 정도 불리한 계약인가 하면 LA 다저스가 한 해에 약 3억

3,000만 달러를 벌어들인다면 브레이브스는 그의 13분의 1에 불과한 2,000~3,000만 달러를 받는 것이다. 더구나 이 계약은 앞으로도 10년 넘게 남아 있었다. 잘못된 계약 하나로 망가진 팀의 전형이었다.

거기에 파드리스는 타력, 수비, 투수력 등 뭐 하나 볼 것 없는 하위 팀. 볼 것이라고는 밀리터리 삘 나는 유니폼 하나뿐인 팀이다.

"물론 다른 팀을 위해 일하는 스카우터들은 좋은 조건을 제시할 것으로 봅니다. 특히 계약금 면에서는."

늙은 스카우터는 수염을 쓸며 뒷말을 이어놓았다.

"말씀드린 대로 브레이브스와 파드리스는 스몰마켓입니다. 재정 여력이 그리 좋지 못해요. 그래서 아예 솔직히 말씀드리는데 현재 책정된 최대 계약 금액은 200만 불입니다. 그것도 내가 떼를 써서 올린 금액이지요."

'200만 불?'

금액은 볼 게 없었다. 비공식이지만 300만 불, 400만 불의 떡밥도 나온 바이다. 그러니 이제 100만 불, 200만 불은 놀라운 금액이 아니었다.

"금액이라면 더 배팅할 에이전트나 구단이 있을지 모릅니다. 하지만 우리는 금액 이외의 경쟁력을 가지고 있지요. 바로 황의 성장 과정을 닮아가려는 모습입니다. 빅 K의 Big처럼이요."

운비가 고개를 들었다. 스칼렛은 운비의 닉네임도 알고 있었다. 소야고의 역사도 꿰고 있었다.

"나도 물론 그 두 구단과만 일하는 건 아닙니다. 나름 인맥이 있어 다른 구단에도 황을 추천할 수 있습니다. 하지만 이쪽 두 구단이 이번에 새로운 시스템을 도입했는데 그게 여기 황하고 잘 맞는 것 같아서 말이죠. 특히 브레이브스가 그래요."

"새로운 시스템이라고요?"

"10년 프랜차이즈 스타 육성 시스템 BFP 말입니다."

"그거 비슷한 건 다른 구단에도 있지 않나요?"

박 감독이 이의를 제기했다.

"있지요. 그런데 브레이브스는 오직 두 명만을 위한 캠프를 꾸립니다. 최고의 타자 재목과 최고의 투수 재목. 타자는 이미 물색해 두었습니다."

"......?"

"브레이브스의 시스템은 주목할 만합니다. 미국 유수의 스포츠과학 대학과 트레이너들에게 의뢰해 만들었거든요. 게다가 더욱 매력적인 건 투수 부분은 '샤무엘 보젤'이 트레이너 책임을 지고 있다는 겁니다. 구질 개발에 최고의 적임자이지요."

"......"

운비가 먼저 반응했다. 샤무엘 보젤이라면 커터와도 관계가 있다. 아니, 최고의 커터를 전수한 사람으로 봐도 무방했다.

"브레이브스가 지금은 빛바랜 명가지만 한때는 최강의 원—투—쓰리 펀치를 보유하고 있었습니다. 제구력의 마법사 톰 매덕스, 서클체인지업이 명품이던 좌완 존 글래빈, 강속구 투수이던 그렉 스몰츠. 브레이브스는 그때의 영화를 재현하기 위해 첫발을 내디뎠습니다. 황이 선택한다면 존 글래빈과 그렉 스몰츠의 적통을 이을 수 있다고 생각합니다."

스칼렛은 부드럽게 말을 이었다.

"하지만 브레이브스는……."

"프로젝트를 디테일하게 보여 드릴까요?"

스칼렛이 운을 떼자 박 감독이 황금석을 바라보았다.

"우리 운비는 아직 성장 중입니다. 죄송하지만 계약 같은 건 조금 더 생각이 필요하니 여기까지만……."

황금석이 상황을 정리했다. 모두가 적극적으로 나오니 생각할 시간이 필요했다.

"그러세요. 아직 시간은 많으니까요. 하지만 이것 하나는 명심해 주세요. 황은 아직 어립니다. 메이저리그에 빨리 올라가는 게 중요하지 않아요. 투수를 한두 해 하고 말 것도 아니잖아요? 한국에 이런 말이 있더군요. 큰 그릇은 천천히 만들어진다……. 황은 아시아에서 모처럼 나온 큰 재목입니다. 천천히 다듬어야 합니다. 서두르면……."

"……"

"그래서 저도 서두르지 않습니다. 아직 준비할 게 더 있거든요. 자세한 건 데이터 분석이 완전히 끝나면 함께 설명해 드리죠."

"……"

"참고로 말씀드리자면 저는 아직 영감에 의존한 스카우트를 실패한 적이 없습니다. 한국식으로 말해서 팀과 선수 간의 궁합이 맞는 경우에 말이죠."

"……"

"그리고 이건 개인적인 겁입니다만, 황이 내 마지막 비즈니스입니다. 그래서 더욱 이 비즈니스는 실패하지 않을 거라고 생각합니다. "

"마지막이라고요?"

"나는 이제 은퇴할 겁니다. 그 마무리를 황 선수와 함께했으면 합니다. 내 스카우터 역사를 위해, 메이저리그의 새 역사를 위해."

스칼렛은 담담하게 소회를 밝혔다.

"아, 잠깐 황과 사적인 대화 좀 가능할까요?"

일어서던 스칼렛이 운비를 바라보았다.

"할 말이 있으시면 여기서……"

황금석이 통역에게 뜻을 전달했다.

"그냥 몇 마디만 물어보면 된다는군요."

"뭐 그러시다면······."

황금석이 고개를 끄덕였다. 운비는 스칼렛을 따라 운동장으로 나갔다. 연습을 하던 선수들이 일제히 시선을 보내왔다. 스칼렛이 마운드로 올라섰다. 공을 던져보라는 건가 싶었지만 통역의 입을 통해 나온 말은 엉뚱했다.

"자넨 여기 서면 무슨 생각을 하나? 자네 팀은 사실상 자네가 기둥이던데."

"타자 잡을 궁리를 합니다."

운비가 대답했다.

"헌터로군."

"그렇지만 혼자 사냥에 나서지는 않습니다. 야구의 아웃 카운트는 투수 혼자 올리는 게 아니니까요."

"무슨 뜻인가?"

"포수도 아웃을 잡고 수비도 아웃을 잡지요. 투수는 마운드에서 최선을 다할 뿐입니다."

"그들이 실수를 하면?"

"다음에 잘하면 되지요. 투수도 방어율 제로를 기록할 수는 없으니까요."

운비는 스칼렛과 마주친 눈을 피하지 않았다. 아직 순수한 열정이 가득한 운비의 눈동자. 스칼렛이 운비에게 다가서 어깨를 두드려 주었다. 손길이 아주 포근했다.

"그런데……."

운비가 어렵게 운을 떼었다.

"왜?"

"혹시 그때 그 게임기, 딱 한 번 되고 말았다는……."

"그게 왜?"

"혹시 그 후로 또 된 적 있나요?"

"아니."

"그럼 혹시… 처음 한 번 될 때 멘트 같은 것도 들렸나요?"

"글쎄… 삐빗삐빗 하는 소리밖에는."

"네."

"왜 그러나?"

"그냥요. 오래된 게임기인데… 똑같은 걸 가지고 계시니 신기해서……."

"그건 좋은 징조 같군. 공통점이 있다는 것 말일세."

통역의 말이 전달되는 순간에도 스칼렛은 운비에게서 눈을 떼지 않았다. 용건을 끝낸 그는 통역과 함께 택시를 타고 돌아갔다.

공통점.

그 말이 운비의 귀에 오래 남았다.

"뭐라니?"

궁금한 세형이 다가왔다.

"여기 포수가 메이저리그감이라던데?"

"으악! 그럼 나?"

세형이 자지러졌다.

"연습이나 하자. 아니, 잠깐만."

운비는 핸드폰을 꺼내 검색어를 두드렸다. 운비가 친 글자는 빌 스칼렛, 늙은 스카우터였다. 지난번에 검색하려다 이름을 까먹어 그냥 넘겼는데 오늘은 미루고 싶지 않았다.

"……!"

주르륵 떠오른 자료를 본 운비가 휘청거렸다.

빌 스칼렛.

그는 전설적인 스카우터였다. 메이저리그의 어떤 구단주도 함부로 대하지 못하는 사람. 동시에 매의 눈을 가지고 아시아의 유망주란 유망주는 죄다 건져간 사람. 그가 성공시킨 메이저리그가 한둘이 아니었다.

'으음……'

고개가 갸웃거려졌다. 그렇게 전설적인 사람이 왜 저렇게 후줄근한 차림인 걸까? 이제는 늙어서 위상이 달라진 건가?

하긴 내가 신경 쓸 일이 아니지.

스카우터들이 물밑에서 전쟁을 벌이든 말든 운비는 개의치 않았다. 그 일은 박 감독과 황금석이 알아서 할 일이었다. 지금 운비가 할 일은 딱 하나, 훈련이었다.

그리고 그 꾸준한 노력에 결실이 돌아왔다. 청소년대표는 물론 9월 말로 예정된 아시안게임 국가 대표의 물망에까지 오르내리게 된 것이다. 청소년대표는 문제가 없었지만 아시안게임은 약간의 논란이 되었다. 고교생이라는 조건 때문이다. 운비는 개의치 않았다. 그건 운비의 공이 결정할 문제가 아니었다.

일단 청소년대표에 이름을 올렸다.

"······."

태극 마크가 선명한 푸른 유니폼을 받아 들었다. 유니폼이 아니라 날개였다. 마침내 빛나는 날개 하나가 운비의 어깨에 자란 것이다.

'흐흣!'

자꾸만 입이 찢어졌다.

5. 무적 커터, 아시아를 관통하다

그 여름, 운비는 필리핀 공항에 내렸다. 아시아청소년야구 선수권대회 참석차였다. 운비 옆에는 덕배가 있었다. 덕배는 고교 최대어 양아섭과 함께 주축 타자 자격으로 선발된 것이다. 한국 선수단 멤버는 모두 열여덟 명. 그중에서도 운비는 에이스로 꼽혔다.

총참가 팀은 여덟 팀. 절반으로 나눠 예선전을 펼쳤다.

Group A: 일본, 필리핀, 스리랑카, 중국.

Group B: 한국, 대만, 태국, 파키스탄.

한국은 대만, 태국 등과 함께 B조에 속했다. 운비는 1차전

파키스탄 전에 선발로 낙점되었다.

"잘해보자."

배터리로 내정된 포수는 공비고 소속의 3학년이었다. 그는 운비의 볼 배합을 존중해 주었다. 파키스탄의 실력이 국제 수준에 미치지 못하는 까닭도 있었고, 합숙 기간 동안 운비의 공에 대한 신뢰가 커진 까닭이다.

운비는 최선을 다했다. 최고 구속 148을 찍는 포심에 더불어 투심을 승부 구로 던졌다. 감각 유지 차원에서 간간이 커터와 체인지업도 구사했다. 파키스탄 타자들은 단 한 명도 1루를 밟지 못했다. 16 대 0, 6회 콜드게임. 열여덟 타자를 맞아 운비가 솎아낸 삼진은 무려 열한 개였다.

태국을 맞은 2차전은 한이훈이 맡았다. 그 역시 최고 구속 145킬로미터를 자랑하는 강속구의 소유자. 태국은 최선을 다했지만 한국의 상대는 아니었다.

"수고했다. 하지만 이제부터 긴장해라. 대만은 앞선 상대와는 다르다."

예선 최종전을 앞두고 감독이 주의를 환기시켰다. 상대가 대만이기 때문이다. 대만은 야구가 강한 나라. 더구나 대만에게 지면 A조 1위가 확실시되는 일본을 준결승에서 만날 수 있었다. 그 때문에라도 반드시 이겨야 할 경기였다.

선발은 한국 투수조의 조장으로 꼽히는 3학년 강원준이 내정되었다.

다음 날 운비는 더그아웃에 있었다. 한국과 대만은 초반부터 접전을 벌이며 3회까지 2 대 2으로 맞서고 있었다. 그러다 한국의 강원준이 대만의 간판 타자 주청언에게 솔로 홈런을 허용하고 말았다. 대만의 저력은 무서웠으니 경기가 3 대 2로 뒤집히고 말았다.

패색의 그림자가 드리우던 7회 말, 한국팀은 양아섭이 친 천금의 적시타로 득점을 내며 동점을 이루었다. 이제 박빙의 한 점 승부. 그러나 8회 초 계투로 출격한 충안고의 안정명이 연속 볼넷을 허용하고 말았다. 이어지는 대만 타자는 4번 주청언. 그는 이미 메이저리그 스카우터들의 주목을 받는 타자였다. 지난해의 세계청소년선수권대회에서도 홈런 다섯 방을 쓸어 담은 동양의 몬스터였기 때문이다.

이번 대회 역시 홈런 네 개를 때려냈으며 오늘도 솔로를 터뜨린 장본인이다. 강력한 손목 파워에 컨택 능력까지 갖춘 주청언이기에 안정명으로 버티기에는 어려운 상황. 종반이라 한 점이라도 더 내주면 돌이키기 어려울 것이다. 감독은 불펜을 보았다. 투수가 둘 있지만 주청언을 대적하기는 힘에 부쳐 보였다. 순간, 감독의 시선에 운비가 들어왔다.

등판 예정이 없는 운비이다. 하지만 리드를 허용한 4회부터 3학년 선배들의 캐치볼을 도우며 몸을 풀고 있었다.

'던질 수 있습니다.'

감독을 향한 무언의 구애였다. 사실 운비는 문제가 없었다. 기적의 30% 회복력 때문이다. 그걸 감독이 알고 있었다. 박 감독과 친분이 있기에 귀띔을 들은 것이다.

'황운비는 마운드가 회복 포션.'

'선천적 야구 DNA.'

연투에 지쳐도 마운드에만 오르면 언제 그랬냐는 듯 공을 뿌리는 특성을 알려준 김 감독이었다. 위기의 순간 대표팀 감독은 그 말을 떠올렸다.

'설마?'

잠시 회의가 들었지만 코치를 불렀다.

"황운비 저놈, 컨디션 어때?"

감독이 물었다.

"큰 문제는 없는 것 같습니다."

코치의 대답으로 운비의 구원 등판이 결정되었다.

"4번과 5번만이라도 처리해 다오."

운비에게 특명이 내려왔다.

"피처 황―운―비!"

장내 멘트와 함께 운비가 마운드를 밟았다.

'그 방망이, 모조리 잠재워 주마.'

리베라의 주제곡 Enter Sandman의 뜻을 흥얼거리며.

쾅!

쾅!

마운드에 선 운비가 포심을 뿌리며 존을 조율했다. 첫 연습구는 130킬로미터대, 2구는 140, 마지막으로 던진 공은 147킬로미터였다.

포수가 세형이 아닌 게 아쉬웠지만 상관없었다. 여기는 마운드, 투수로 서면 그만인 것이다. 운비가 나오지 않을 것으로 예상한 대만 팀은 장신 강속구 투수의 등판에 신경이 곤두섰다. 하지만 열광하는 사람들도 있었다. 스탠드에 포진한 각국의 각 팀 스카우터들이 그랬다.

막강 파워 타자 주청언 vs 파워 투수 황운비.

창과 방패의 대결은 두 선수의 능력을 맞비교할 수 있는 절호의 찬스였다.

로진백의 냄새를 맡으며 수호령을 보았다. 신성 시력이 발현되며 매직 존도 보였다. 몸 쪽을 중심으로 존의 절반 이상 퍼져 나간 차가운 푸른색. 주청언의 콜드 존이다.

바깥쪽 먼 곳을 잘 받아치는 타자이다. 가공할 장타력을 앞세워 13개의 타점에 타율도 0.486. 그렇기에 태국과 파키스탄은 주청언의 파워 배팅 앞에 초토화가 된 형편이다.

운비는 주청언을 꿰뚫었다. 그가 뭘 원하는지 알 것 같았다.

좁은 보폭.

'스윙이 간결하다는 뜻.'

굽히지 않은 무릎.

'무게중심 이동이 빠르고.'

한마디로 쾌속 포심을 노리고 나온 타격 자세였다. 어쩌면 홈런까지 염두에 두고 있는지도 모른다. 힘을 바탕으로 하는 타자이기에 잘만 맞으면 홈런이 나오기 쉬운 공이 강속구였다.

'낮게.'

포수가 사인을 보내왔다. 당연한 요구이다. 운비는 구속을 낮춰 스트라이크존을 조율했다. 공은 인 코스 낮은 곳에 떨어졌다. 존에서 두 개쯤 벗어난 볼. 주청언이 여유 있게 흘려보냈다. 2구는 쾌속 커터를 날렸다. 방망이가 나왔다. 공을 맞췄다. 파울이 되었지만 테이크백 역시 길지 않아 스윙 스피드가 장난이 아니었다.

'제대로 맞았으면 스리런.'

신경이 곤두섰다.

3구는 역시 몸 쪽 높은 공으로 커터 하나를 더 던졌다. 주청언은 끄떡없이 참아냈다. 타격의 몬스터다운 대단한 배짱이다.

'이 새끼, 반응이 없어.'

포수가 사인을 보내왔다.

'체인지업으로 유인하죠?'

'오케이. 꽂아봐.'

사인 교환이 끝나자 운비가 공을 잡았다. 4구로 체인지업이 날아갔다. 스트라이크존 앞에서 변했지만 역시 속지 않았다. 굉장한 놈이다.

볼카운트 3—1.

운비가 불리해졌다. 그런데도 웃었다. 이유가 있었다. 130킬로미터대의 공 하나 외에는 포심을 구사하지 않은 운비였다. 주청언이 원하는 공을 주지 않은 것이다. 하지만 거기에 복선이 있었다. 이제는 타자가 고민할 차례였다. 베이스에는 두 명의 주자. 한 방 제대로 날려 자신의 클래스를 보여주고 싶어 안달이 난 4번 타자. 운비는 그 심리를 역이용하고 있었다.

투수와 타자는 가위바위보의 운명이다. 타자가 원하는 공을 주지 않아야 하는 것. 설령 주더라도 그가 원하는 타이밍에서 주지 않아야 했다.

5구 역시 체인지업을 날렸다. 다행히 7번 존에 걸치며 스트라이크 판정. 스코어는 손에 땀을 쥐는 3—2로 변했다.

"……!"

운비의 사인을 받은 포수가 고개를 들었다. 엄청난 사인이 나온 것이다.

'위험해.'

포수가 만류했다.

'가치가 있는 모험이에요.'

'……'

'부탁해요.'

운비의 고집에 진 포수가 감독을 바라보았다. 그러더니 미트를 들었다. 던지라는 뜻이다. 공을 잡았다. 손가락을 실밥 위로 옮겼다. 운비가 머리에 그리는 건 포심이다. 주청언이 그토록 바라는 공이다. 하지만 떠먹으라고 넣어주는 밥숟가락은 아니었다.

퀵 모션을 찍은 운비의 공이 팔을 떠났다. 이 공이 역사적이었다. 무려 150킬로미터에 RPM 2,360을 찍은 크네이구. 무브먼트를 일으키며 날아온 공이 배팅 포인트에서 살짝 떠올랐으니 배트와의 차이가 선명할 정도였다.

"……!"

순간, 배트를 돌린 주청언의 눈가에 맺힌 건 아뜩한 절망이었다.

"스뚜악!"

심판의 콜이 그라운드를 흔들었다.

스트라이크아웃.

대만에게 패를 안기는 공이었다. 한국에게 힘을 주는 공이

자 경기 운영 능력을 뽐낸 순간이었다.

"……."

주청언이 허탈한 표정으로 홈 플레이트를 바라보았다. 운비가 마운드에서 내려오고 있었다. 아까는 주먹만 하게 보이던 투수. 그러나 지금의 대만에서 가장 높은 위산(玉山)처럼 장중한 모습이다.

예상치 못한 정면 승부였다.

주청언은 작년 세계청소년선수권대회에서 미국, 일본, 쿠바의 투수들에게도 꿀리지 않던 타자. 그들은 도망치는 투구를 하기 바빴는데 운비는 달랐다. 몇 개의 공으로 심리를 흔든 후 강력한 포심으로 의표를 찔렀다.

'이런 투수가 있었다니……'

그 배짱에 주청언은 혀를 내두를 수밖에 없었다.

이어진 8회 말, 한국은 기어이 전세를 뒤집고 말았다. 투아웃 2루에서 양아섭이 우전 안타로 살아 나가자 덕배의 좌중간 적시타가 작렬한 것이다. 운비는 더그아웃에서 덕배를 맞이했다. 함께 점프해 배를 마주치며 세리머니를 나눴다.

"아, 이 새끼, 진짜……."

덕배는 운비의 머리를 난타(?)하며 감격을 나누었다.

9회 말은 마무리 역할을 맡은 정성길이 올라 기세를 이었다. 첫 타자를 볼넷으로 보냈지만 이후 세 타자를 연속 범퇴

로 막았다. 한국은 대만을 누르고 예선 전승의 기록을 거두었
다.

 준결승은 노승대가 선발로 나가 필리핀에게 7회 콜드게임
승을 이끌었다. 다음 날 결승, 한국은 결국 일본과 자웅을 겨
루게 되었다. 예상한 시나리오였다.

 한국 vs 일본.

 선발투수는 3학년 한이훈이 내정되었지만 문제가 생겼다.
경기 개시 두 시간 전, 몸을 풀다 실수로 손톱에 금이 간 것.
한국팀에 초비상이 걸렸다.

 감독은 남은 투수들의 컨디션을 황급히 재점검했다. 이번
대회 일본팀은 역대 최고라고 할 수 있는 강팀이다. 원래 국제
청소년야구에 별 관심을 보이지 않던 일본의 변화 때문이다.
감독은 처음부터 한이훈을 머리에 넣고 일본전을 구상해 왔
다. 좌완에 일본전 경험도 있고 일본 타자들이 약한 슬라이더
가 독특해 일본 타선을 막는 데 최적이라고 판단한 것.

 하지만 차선책이라면……

 감독의 시선이 운비에게 옮겨갔다.

 이틀 전 대만전에서 한 회를 던진 운비이다. 그 정도라면
큰 과부하가 되지는 않을 일. 거기다 한이훈처럼 좌완이라는
옵션에 마음이 꽂혔다.

"황운비."

감독이 운비를 불렀다.

"예."

"네 이름이 아시안게임 국대에도 오르내린다지?"

"저는 잘 모르는 일입니다."

"오늘 사고 한번 제대로 쳐봐라. 국대 류 감독 눈이 번쩍 뜨이게."

"……!"

운비의 표정이 확 굳어버렸다. 그 말은 3학년들을 제치고 운비를 선발로 낙점한다는 뜻이었다.

일본!

숙적이다.

하다못해 가위바위보도 일본에는 이겨야 했다. 운비 역시 그런 분위기를 보며 자랐다. 월드컵이든 평가전이든 WBC든 아마야구든 적어도 스포츠에서는 그랬다. 그렇기에 한 타자라도 상대하고 싶던 운비. 희망의 빛이 내린 것이다.

뇌리에 수호령이 스쳐 갔다. 새벽 꿈 때문이다. 막 잠이 깰 때 수호령이 눈앞에 있었다. 붉은 덩어리 하나를 운비 입에 넣어주었다. 그 느낌이 너무 시원해 잠이 깬 운비. 현몽이었을까?

그 현몽은 운비만의 것이 아니었다. 방규리에게서도 전화가

왔다.

"엄마가 좋은 꿈 꾸었어. 오늘 일본전 꼭 이길 거야."

그래서 왠지 몸도 마음도 가볍던 운비.

"열심히 하겠습니다!"

운비는 목이 터져라 소리쳤다.

이번 대회, 일본은 정예 멤버를 보내왔다. 우승을 하겠다는 의지이다. 하지만 그건 일본의 입장이다. 정예 멤버가 아니라 프로 멤버를 보냈다고 해도 일본에게는 지고 싶지 않은 심리. 이번 한국대표단도 다르지 않았다.

필리핀의 그라운드에 애국가가 울려 퍼졌다. 감청색 상의에 흰 하의를 입은 운비는 베스트 나인에 끼어 국기에 대한 경례를 했다.

"피처 황―운―비."

선발 피처의 이름이 호명될 때 운비는 이미 개인이 아니었다. 하지만 들뜨지 않았다. 장도에 오를 때 박 감독은 몇 가지 당부를 주었다.

―기회가 오면 반드시 살려라.

―수준 낮은 팀을 맞아도 최선을 다해라.

―경기를 지배하라. 그러면 좋은 일이 수반될지도 모른다.

좋은 일, 그런 건 개의치 않았다. 이미 태극 마크를 단 운비였다. 운비는 그 말을 상기하며 마운드에 올랐다.

일본팀이 부산해졌다. 한국의 선발투수 변화 때문이다.

주 무기는 포심과 커터.

그들은 즉석에서 분석을 끝냈다. 그들의 정보력과 대처는 놀라웠다. 1번 타자부터 그랬다. 좌완 운비의 포심과 커터에 대해 알고 있었다. 간결한 스윙으로 포심에 집중했다. 하지만 그건 그들의 희망 사항일 뿐이다.

"투심과 커터, 체인지업을 적절히 섞어 쓰자."

포수가 의견을 전해왔다.

"예."

운비는 이의를 달지 않았다.

1회 초.

일본의 선공으로 시작되었다.

1번 타자와의 승부는 좋지 않았다. 선구안이 좋았다. 웬만하면 커트를 하는 통에 실랑이가 길었다. 7구까지 가는 공방 끝에 장타를 맞았다. 하지만 수비 덕을 보았다. 우익 선상으로 떨어지는 공을 우익수가 다이빙 캐치로 걷어낸 것이다.

─마음 놓고 던져라. 수비는 폼으로 있는 게 아니니까.

우익수가 치켜든 글러브에는 그런 신뢰가 가득 배어 있었다.

땡큐!

한숨 돌렸지만 2번 역시 만만치 않은 교타자였다. 그 역시 운비의 공을 커트해 내며 6구까지 실랑이를 벌였다. 라스트 위닝샷은 종으로 변하는 커터였다. 포심 승부구를 노리는 타자의 허를 찌른 것.

헛스윙!

마무리가 깔끔해지자 운비가 안정을 찾았다. 그렇다고 해도 일본 타자들의 커팅 능력은 대단했다. 마치 국내 프로야구의 '용규' 놀이를 방불케 했다.

3번 타자와의 대결도 가히 인상적이었다. 이 타자는 인코스에 약해 보였다. 무릎이 나온 게 증거였다. 그런 자세로는 인코스 공략이 어렵기 때문이다. 철저하게 무릎 근처의 인코스를 공략했다.

볼카운트 2—2.

공 하나를 더 버리면 볼넷의 위험이 있기에 승부에 들어갔다. 인코스를 찌르는 커터가 위닝샷이었다. 순간, 타자의 배트가 기다렸다는 듯이 돌았다.

빠악!

소리와 함께 공이 솟구쳤다. 운비의 가슴에도 금이 가는 소리가 울렸다. 타격하는 순간 타자가 무릎을 벌린 것이다. 동시에 인코스에 대한 핸디캡이 사라져 버렸다. 다행히 공은 플라이가 되었다. 커터가 아니라 밋밋한 포심이었으면 한 방 제대로 맞을 수 있는 순간이었다.

'휴우.'

한숨 돌렸다.

국제대회, 과연 달랐다.

일본 타자들, 과연 달랐다.

운비에게는 또 하나의 공부가 되고 있었다. 야구의 세상은
넓었다.

2회 초.

4번 타자를 맞았다.

"……!"

아는 타자였다. 그 이름은 아라에 마치히로. 오키나와 전지
훈련에서 만난 그 강타자였다.

"어이!"

그가 배트를 겨누며 혼잣말처럼 인사를 건네 왔다. 운비는
미소로 인사를 받았다.

'한 판 붙어보자고.'

마치히로의 배트가 날을 세웠다. 그때 오키나와에서 빅 엿
을 먹여준 커터. 그 공을 1구로 안겨주었다. 공은 마치히로의
몸 쪽 가까이 파고들었다. 타자는 움직이지 않았다. 눈빛이 매
서웠다. 다시 당하지 않으려는 의지가 엿보였다.

'으음!'

운비가 고개를 끄덕거렸다. 운비가 커터를 다듬는 동안 그도 진화한 모양이다. 2구는 포심을 꽂았다. 마치히로가 커트를 해냈다. 3구는 다시 커터였다. 이번에는 아까보다 제대로 휘었다. 헛스윙을 한 마치히로는 스윙 자세에서 움직이지 않았다. 자신의 예상이 빗나간 것이다.

'빠가야로.'

깨문 아랫입술에 경련이 이는 게 보였다.

'헤이.'

운비는 가슴으로 응답했다.

'야구는 감정으로 하는 게 아니래. 우리 감독님 어록이야.'

'체인지업?'

포수가 사인을 보내왔다.

'아뇨.'

'투심?'

'아뇨.'

'그럼 포심?'

'아뇨.'

'커터?'

'예.'

마지막 사인에서야 가로젓던 운비의 고개가 멈췄다.

'위험해!'

'하지만 체인지업은 커트하고 포심이면 칠 겁니다.'

'하긴……'

포수가 미트를 들었다. 운비의 손은 투심 그립을 잡았다. 구속에 더해 제구가 중요했다. 매직 존에서 불타오르는 핫 존. 거기서 공 두 개만 뺄 수 있다면 한 번 더 빅 엿을 먹일 수 있을 것 같았다.

겨우 커터 엔진에 본격 예열이 된 운비. 중지에 바짝 힘을 주고 도끼를 찍듯 위닝샷을 날렸다.

부욱!

마치히로의 배트도 돌았다. 하지만 그가 친 것은 텅 빈 허공이었다. 종으로 휘면서 들어온 공은 커터가 아니라 슬라이더였다. 적어도 그가 보기에는 그랬다.

'스미마셍. 그게 바로 황운비표 커터거든.'

황당한 얼굴에 미소를 안겨주었다. 마치히로는 터져라 입술을 깨물며 더그아웃으로 돌아갔다.

커터!

이제 제대로 발동이 걸렸다. 제구도 괜찮았다. 타자들은 알고도 번번이 당했다. 2미터에 달하는 장신과 독특한 투구 폼 때문이다. 찍어 누르듯 던지는 오버핸드에 숨김 동작까지 곁들인 왼팔. 그 폼에 말려 공을 제대로 보지 못했다.

제대로 긁히기만 하면 운비의 커터는 굉장한 위력을 발휘했다. 이날이 그랬다. 7회까지 부러뜨린 배트만 네 개였다.

일본팀은 주로 포심을 노렸지만 의미가 없었다. 운비의 포심과 커터는 홈 플레이트가 가까워서야 겨우 분간이 되었다. 아직 메이저리그를 호령하던 리베라 정도는 아니었지만 상대 역시 고교생들. 아무리 교타자가 많은 일본이라고 해도 그 나이 수준으로는 반응하기 힘든 타이밍이었다.

거기에 더해 간간이 날아드는 체인지업은 타자들의 각을 완벽하게 무너뜨렸다. 삼진만 무려 여덟 개를 솎아낸 운비였다.

"카이부츠……."

타자들이 한결같이 내뱉은 말이다.

일본어로 괴물.

운비의 등판은 열도에 절망을 안겨주었다. 빗맞은 것을 비롯해 안타 세 개에 무사사구. 그사이 한국 타자들은 야금야금 점수를 쌓았다. 2회 말에 한 점, 3회 말에 양아섭의 솔로 홈런으로 한 점, 그리고 6회 말에는 덕배의 좌전 빨랫줄 적시타로 2점을 쌓아놓았다.

4 대 2로 한국의 신승.

우승컵을 안았다.

승리투수는 황운비. 7회까지의 방어율이 제로였다.

이날 일본 선수단은 식사를 폐하며 분을 삭였다고 한다. 운비는 이 대회 최우수선수상과 최우수투수상을 거머쥐었다.
이것으로 운비는 한국대표팀의 명실상부한 에이스로 부각되
며 우승기를 한국에 안겼다.

　　〈100년에 한 번 나올까 말까 한 괴물.〉
　　〈괴물투수 후지산맥을 넘다.〉
　　〈황운비, 열도에 통곡을 안기다.〉

한국의 인터넷을 달군 기사의 제목도 화끈했다.
양국의 네티즌 반응도 덩달아 화끈했다.

松野峰雄: 돌아오지 마라.

大村宗治: 한국의 돼지들에게 지다니 수치닷.

kawaragi: 수세에 몰리니 일본인은 참 나약하구나.

쟤팬애시로: 일본 타자들은 스노보드를 배터로 줘야 했닭.

야구빠따: 리베라 빙의 황운비, 폭풍 커터로 일본 뽀작.

니네임: 껌이야쓰 쳐발라쓰!

동내이장: 가위바위보도 일본에게는 지면 안 돼징.

365야구만: 안구 정화 갓운비, 땡큐 아리가또.

운비는 이 대회의 슈퍼스타가 되어 스포트라이트를 받았

다. 대회 3승에 방어율은 독보적인 0점대. 게다가 대만과 일본 연파의 선봉장이었으니 다른 투수의 기록과 비교의 대상이 아니었다.

<철통 커터 황운비, 당장 재팬리그에 와도 선발 가능.>

한국 아마야구의 아이콘 황운비가 필리핀 땅을 흔들었다. 아시아청소년야구선수권대회에 참가한 황운비는 압도적인 피칭으로 한국에 우승을 견인해 주었다.

그의 이번 대회 성적은 3승에 방어율 0.64. 성적뿐만 아니라 투수 커맨드와 스터프도 높은 점수를 받았다. 황운비는 타자를 요리할 줄 알았고, 경기를 지배할 줄 알았다. 3게임을 등판하는 동안 변함없는 컨디션 역시 압도적이었다.

투수의 종합적인 능력을 말하는 커맨드 외에 스터프 역시 최고 선수로 꼽혔다. 황운비의 퍼스트 피치 포심과 세컨트 피치인 커터는 변화하는 생물이었다. 타자에 따라, 상황에 따라 회전수 조절이 가능했다. 특히 그의 커터는 메이저리그의 리베라를 연상시키기에 충분했다.

이번 대회 최고 구속은 일본과의 결승전에서 보여준 151km/h, RPM 2,390. 포심의 평균 구속은 144에 그쳤지만 그 공 하나로 일본과 미국의 스카우터들 혼을 빼놓았다.

황운비를 꾸준히 관찰 중이라는 메이저리그의 한 스카우터는 황운비는 여전히 진화 중이라는 말로 그의 미래 전망을 밝혔다. 그는 현재 아시아권에서 가장 주목받고 있는 선수. 메이저리그의 '눈독'이 얼마나 치열한지 알 수 있는 일이다.

어린 소년이지만 마운드에 서면 철가면의 포커페이스로 변하는 야구 달인. 그는 이제 '팀'의 승리 공식으로 통한다.

마지막으로 황운비 덕분에 분루를 삼킨 일본 대표팀 감독의 말이 인상적이었다. 아, 그의 말은 제목에 올려놓았다. 한국 아마야구에 슈퍼스타가 탄생한 대회였다.

<스포츠 오늘 차혁래 야구 담당 기자 chahr@soneul.com>

차혁래 기자의 기사가 급보로 올라간 그날 밤, 인터넷은 뜨겁게 달아올랐다. 그리고 가벼운 회식을 마친 시간, 운비에게 굉장한 행운이 찾아왔다.

"야, 황운비!"

덕배와 입가심 콜라를 마실 때 감독이 운비를 불렀다. 콜라는 운비가 좋아하는 음료이다. 사이다보다 톡 쏘는 그 맛은 카타르시스 역할도 해주었다.

"부르셨습니까, 감독님!"

운비가 감독 앞으로 뛰었다.

"나 니 감독 아니다."

"예?"

"축하한다. 아시안게임 국가 대표님."

"예?"

"방금 야구협회에서 연락이 왔다. 너를 인천아시안게임 최종 엔트리에 포함시켰다고."

"예?"

"뭐가 예야, 인마. 그러니까 너는 이제부터 내 자식 아니라고."

감독은 운비의 어깨를 맞잡고 축하해 주었다.

"으아악, 운비야!"

듣고 있던 덕배가 점프를 하며 달려들었다.

"감독님……."

"15일에 소집이란다. 귀국하면 일주일 후니까 마음의 준비해둬라."

"고맙습니다, 고맙습니다."

"고맙긴, 내가 고맙다. 덕분에 우승 감독이 되어서. 아시안게임 가서도 오늘처럼만 던져라."

"예, 감독님!"

"얌마, 너희들, 뭐 하냐? 최연소 국가 대표가 나왔어. 헹가래 한번 쳐줘야 할 거 아냐?"

감독이 말하자 선수들이 몰려왔다. 그동안 친해진 투수들이 먼저 운비를 들어 올렸다.

"아, 이 자식, 선배들 뭉개고 고속 상승이네."

"그러게. 아주 복이 넘치는구나, 넘쳐!"

선수들이 운비를 하늘 높이 날렸다. 청소년대표에서 아시안 게임대표로. 그보다 높은 곳은 있을 수 없었다.

축하 세례로 정신줄이 없을 때 전화가 울렸다. 황금석과 방규리, 윤서의 축하 전화였다. 그들에게도 통보가 된 모양이다. 그리고 차혁래 기자까지 전화를 걸어왔다.

"이어, 축하해. 최연소 국대 황운비 투수."

"고맙습니다."

"나 또 한 번 손가락에 장 지져야 하는 건가?"

"에이, 기자님, 진짜……."

"이번에 나 황운비 미느라 애 많이 썼는데……."

"알고 있습니다. 고맙습니다."

운비가 대답했다. 그건 허튼말이 아니었다. 그는 세밀한 분석 기사로 운비를 부각시켜 왔다. 처음에 악담을 한 죄에 더해 빅 유닛으로 거듭나는 운비의 재능을 높이 사고 있던 것이다.

"아니야. 솔직히 아시안게임은 너 같은 선수들이 나가야지. 거기가 병역 해결장이 되는 게 말이 되냐? 다른 나라들도 다 아마추어가 오는 판에 어깨들이 동네 애들하고 붙는 격이지."

"……."

"내가 생색내는 건 조크고 사실 동분서주하신 분은 너희

박 감독님이라는 거 알려주려고."

"감독님이요?"

"너 없는 동안 감독님이 동분서주 뛰셨다. 나한테도 찾아오시고 야구협회장, 심지어는 이번에 아시안게임 사령탑 맡은 류중삼 감독까지 찾아가 당위성을 설파하신 모양이야."

'감독님이……'

"왜 아니겠냐? 국민 여론도 나뉘긴 하더라만 뭐가 시기상조고 뭐가 금메달 따려면 곤란하다는 거야? 운동선수라면 최선을 다하면 그만이지."

"……"

"그래서 나도 기꺼이 아시안게임의 본질과 함께 프로야구 병역면제의 장으로 변질되는 현실을 신랄하게 비꼬며 지원 사격을 했다. 반대파들 주장은 네가 국제대회에서 통할지 의문이라는 거였는데 이번 대회에서 대대적인 활약까지 했으니 어쩔 거냐? 보아하니 면피용으로 쓰려고 네 이름을 예비 엔트리에 끼워 넣긴 한 모양이던데 일이 이렇게 되니 최종 엔트리에 넣을 수밖에."

"고맙습니다."

"됐고, 박 감독님에게나 전화해라. 그리고 축하한다. 대회 MVP하고 최우수투수."

"고맙습니다."

거듭 인사를 하고 전화를 끊었다. 박 감독에게 연결했지만 받지 않았다. 다섯 번, 열 번을 걸어도 마찬가지였다. 그런 사람이었다, 박철호 감독은. 자신의 일을 티내지 않는 사람. 그러면서도 자기가 거둬들인 선수는 어떻게든 책임을 지려는 사람.

―고맙습니다, 감독님. 가르침 덕분에 제가 아시안게임 국대까지 되었대요. 열심히 던지겠습니다.

전화 대신 문자를 보냈다. 콧등이 시큰해졌다.

최연소 아시안게임 국가 대표 황운비.

그걸 생각하니 더 시큰해졌다.

올림픽이나 아시안게임 야구에서 고교생 국대는 전례가 없었다. 어쩌다 대학선수 한둘 끼워주는 게 기존의 관례이다. 하지만 한국 야구의 미래를 위해서도 운비가 포함되는 게 맞았다.

금메달, 병역면제.

운비의 머리에 그런 건 들어 있지 않았다. 머리와 가슴에 든 건 '국가 대표'라는 명예였다. 청소년대표지만 아시안게임과는 격이 다른 것이다.

아시안게임이라면 일본과 대만의 성인 선수들과 겨루게 될 일. 차원이 다르다. 운비의 심장을 벌떡벌떡 흥분시키는 아드레날린의 양도 차원이 달랐다.

'해낼 거야.'

운비는 주먹을 꼭 그러쥐었다. 손아귀가 터지도록 꽉. 운비
의 열정은 손아귀 안에서 회오리를 이루고 있었다.

6. 스카우트 4파전

인천공항에 내렸다. 입국장에는 협회 임원들과 가족들이 나와 있었다. 기자도 한둘 있었다. 선수단은 두 줄로 도열해 기념 촬영을 했다. 자리를 옮겨 가벼운 식사를 했다. 그게 해단식이었다.

　기다리던 황금석과 윤서를 만났다. 방규리는 운비 환영 준비를 하느라 집에 있었다. 운비는 일단 전화로 도착 인사를 했다. 그런 다음 아버지, 누나와 함께 따로 차 한잔을 마셨다. 운비는 물론 콜라였다.

　"아유, 우리 운비, 멋져 죽겠다니까."

윤서는 만지고 비비며 어쩔 줄을 몰랐다.

"나 야구하길 잘했죠?"

운비가 황금석을 바라보았다.

"그래, 우리가 네 재능을 잘못 보았다. 하지만 넌 배구를 했
어도 잘했을 거야. 워낙 열정적인 녀석이니까."

"고맙습니다, 아버지."

"그나저나……."

황금석이 주위를 두리번거렸다.

"왜요?"

"스카우터들 말이야. 오늘은 조용하네?"

"아직도 아버지 찾아와요?"

"왜 아니겠냐? 네 덕분에 내가 유명인 될 판이다."

"하핫, 죄송해요."

"죄송은, 좋아서 그러는 거다. 내 동창 놈들 요즘 난리도 아
니다. 너 그러다가 연봉이 수천억 되는 거 아니냐고."

"돈은 상관 안 해요."

"그래야지. 뭐든 열심히 하면 돈은 나중에 저절로 따라오는
거다."

"명심하겠습니다."

"응?"

차를 마시던 황금석이 시선을 멈췄다. 운비의 의자 뒤로 다

가선 낯선 사람 둘이 인사를 해온 것이다. 한 사람은 말쑥한 서양인, 또 한 사람은 한국인. 척 봐도 스카우터로 보였다.

"헬로, 미스터 황!"

서양인이 손을 들어 보였다. 표정이 아주 밝은 사람이다.

"선수단에 물으니 여기 있을 거라고……. 이분은 카를로스라고 합니다. 조이 센스케의 파트너죠."

"조이 센스케?"

"메이저리그의 대표적인 에이전트예요. 재킷 보라스, 타스 로빈슨과 어깨를 나란히 하는."

윤서가 줄줄 읊어댔다. 운비의 일로 메이저리그에 대해서도 공부하는 윤서였다.

"맞습니다. 그 센스케의 아시아 지역 책임 파트너 카를로스십니다."

통역이 화답했다.

"운비 계약 문제라면 학교로……."

황금석이 운을 떼었다.

"물론 학교도 갔었죠. 하지만 좋은 성적 올리고 왔으니 귀국 축하를 겸해 인사나 전하려고요."

"……"

"사실 황 선수는 모르겠지만 카를로스께서는 이번 아시아 청소년야구대회를 모두 참관하셨습니다."

"진짜요?"

통역의 말을 들은 운비가 고개를 들었다.

"한마디로 원더풀이라고 하는군요."

통역의 말에 맞춰 카를로스가 엄지를 세워 보였다.

"카를로스께서 이 한마디만은 꼭 전해달라는군요. 황 선수가 원하는 그 어느 팀도 보내줄 수 있다고. 그것도 최고 수준으로."

"내가 원하는 팀 어디라도요?"

"양키스든 시카고컵스든 LA 다저스든… 노 프로브럼이라는군요."

"와아!"

운비의 입이 쩍 벌어졌다.

"사실 한국에서는 재킷 보라스가 유명해서 그렇지 메이저리그에서는 센스케의 파워도 막강 그 자체입니다. 그분이 직접 보낸 파트너이니 일반적인 스카우터들의 배팅과는 차원이 다른 일입니다."

통역은 '차원'을 강조했다.

"하긴 에이전트와 스카우터는 다르죠."

윤서가 긍정했다.

"어떻습니까, 센스케 사단의 레귤러 멤버가 되는 것이? 우리 센스케는 당신이 메이저리그에서 활동하는 한 모든 권리와 최고의 계약 유지를 보장할 수 있습니다."

카를로스의 시선이 운비에게 향했다.

"하지만 운비는 아직⋯⋯."

황금석이 끼어들었다.

"이제 선택할 시기입니다. 좋은 조건으로 계약을 해두고 야구에만 전념하는 것. 좋은 선수가 되는 방법의 하나죠. 우리 센스케는 그런 신념 속에서 선수들을 관리합니다."

카를로스가 다음 말을 이었다.

"황 선수가 원하는 모든 것을 보장해 드리겠습니다. 계약금도 지금까지 한국 선수에게 배팅된 금액의 두 배를 드릴 수 있습니다. 최고 조건의 계약, 최고 조건의 연봉 말입니다. 황 선수가 메디컬 테스트만 통과한다면."

"진지하게 상의해 보겠습니다."

"현명한 판단을 바랍니다."

카를로스가 명함을 내밀었다. 운비에게도 한 장이 돌아왔다. 메이저리그 에이전트의 명함. 어쩐지 뜨거운 느낌이 들었다. 카를로스는 손을 흔들며 돌아갔다.

"아, 저 친구들 정말⋯⋯."

"질기죠?"

윤서가 턱을 괴며 말했다. 그러면서도 즐거운 표정이다.

"저 친구들만 그러냐? 국내 프로구단도⋯ 엊그제는 국내 최고 대학에서도 찾아왔더라."

"그게 다 우리 운비 유명세잖아요?"

"그나저나 슬슬 결정을 해야 하는 거 아니냐?"

황금석이 운비를 바라보았다.

"아직 아니에요. 아시안게임이 있잖아요."

윤서가 나섰다.

"하긴… 박 감독님 말도 아시안게임 후에 결정해도 된다고
하더라만."

"이제 집에 가요. 엄마가 환영식 준비 끝내고 기다리고 있대
요."

윤서가 먼저 일어났다. 운비는 벤츠 안에서도 에이전트의
명함을 만졌다. 이상했다. 그 명함에 열선이라도 내장된 듯 뜨
겁게 느껴졌다.

메이저리그.

그건 정말 마법의 단어였다. 그것과 관련되면 뭐든지 뜨거
워진다. 운비의 머리, 호흡, 나아가 심장까지도.

'으으! 앗, 뜨거!'

다음 날, 박 감독에게서 전화가 왔다. 거실의 황금석이 전
화를 받았다. 운비는 소파에서 아령을 하는 중이다.

"아, 박 감독님. 예?"

전화를 받은 황금석이 동작을 멈췄다.

"보라스요?"

낯익은 이름에 운비가 돌아보았다.

"이렇게 이른 시간에 말입니까? 예, 뭐 그렇다면……."

황금석이 수화기를 놓았다.

"보라스? 메이저의 큰손 에이전트 보라스 말이에요? 재킷 보라스?"

밀웜 가루를 들고 나오던 윤서가 물었다. 방규리도 그 뒤로 보였다.

"그렇다네. 보라스도 우리 운비 스카우트에 뛰어드는 모양 인데?"

"당연하죠. 우리 운비만 한 선수가 드물잖아요. 제가 자료 찾아봤는데 메이저에서는 운비 같은 빅 유닛에 오버 핸드를 높게 평가한대요. 장기 계약도 선호하고요."

윤서가 목소리를 높였다.

"KFC 할아버지 열정도 감당하기 힘든 판에……."

"어머, 그분 또 아빠 회사에 왔었어요?"

"그래. 운비는 꼭 브레이브스에 필요하다고."

"어머, 박 감독님 집에도 네 번이나 왔다 갔다던데……. 그 분은 정말 계약금도 쥐꼬리만큼 배팅하면서……."

"그래도 우리 운비만을 위한 시스템을 돌린다고 하잖냐."

"그게 다 립 서비스지 뭐겠어요. 메이저리그는 오직 돈으로 말한다고 하던데요. 전에는 전설적인 스카우터였는지 몰라도 이제 늙어서 감이 없나 봐요."

"얘, 그만하고 그거나 빨리 먹여라. 우리 운비, 해외 게임 뛰느라 체력 고갈되었을 텐데."

방규리가 윤서를 재촉했다.

누나가 타주는 밀웜 가루를 원샷했다. 밀웜이 배 속에서 꿈틀거리며 에너지가 되는 것 같았다.

"마셨으면 가보자. 교장선생님까지 나와 있다니……."

황금석이 키를 챙겨 일어섰다. 운비도 아령을 내려놓고 뒤를 따랐다.

스카우트.

생각보다 일이 얽히고 있었다. 연고지 구단도 필사적이고 다른 구단도 마찬가지였다. 게다가 일본과 미국의 스카우터와 에이전트까지 가세하면서 백병전을 방불케 하고 있다.

국내 연고 구단.

국내 프로구단.

일본 프로야구단.

메이저 에이전트.

국내 에이전트.

스카우터 스칼렛.

스카우트는 3파전, 4파전, 5파전으로 치닫고 있었다. 운비는 고개를 저었다. 그저 메이저리그에서 투수로 활약하고 싶던 어린 마음이었다. 그렇기에 계약이라는 게 이렇게 복잡할 줄 몰랐다.

딸깍!

교장실 문을 열고 들어섰다. 안에는 다섯 사람이 있었다. 교장과 박 감독, 전 코치, 그리고 에이전트 보라스 측에서 나온 두 사람이었다.

"황운비!"

전 코치가 먼저 일어섰다.

"다녀왔습니다."

운비는 인사부터 챙겼다. 어제 귀국하면서 전화는 했지만 보는 건 처음인 까닭이다.

"잘했다. 이번 대회 최고였어."

에너지 넘치는 전 코치와 달리 박 감독은 조용한 미소로 어깨를 두드려 주었다.

"앉으세요, 아버님."

교장이 자리를 권했다. 황금석과 운비가 빈 소파에 앉았다.

"여기 이분들, 메이저리그에서 최고로 불리는 보라스 사단에서 오셨다는군요."

교장이 손님들을 소개했다.

"만나서 반가워요, 황운비 선수."

감색 정장의 남자가 손을 내밀었다. 서양인이지만 한국말을 잘하는 편이다.

"보라스라고 들어본 적 있나요?"

메튜가 운비에게 명함을 내밀었다.

"네."

운비는 상기된 표정으로 대답했다. 메이저리그에 가기만 해도 꿈만 같은 일, 그랬기에 보라스 사단이 손을 내밀 줄은 상상도 못 한 운비이다. 말하자면 정말 이례적이었다.

"축하합니다. 우리 보스는 사실 아시아의 고교선수 정도에게는 관심을 갖지 않습니다. 그런데 황 선수에게는 꽂히셨답니다."

메튜는 인사와 함께 전화기를 꺼내 들었다. 그리고 정말 놀랄 일이 벌어졌다. 그가 미국에 전화를 걸어 진짜 보라스를 연결한 것이다.

"받아보세요. 보스께서 황 선수와 인사하고 싶다는군요."

메튜가 전화기를 건네주었다. 화면에 사무실 의자에 앉은 보라스가 보였다. 방송에서 보던 그 보라스가 분명했다.

"나이스 투 미츄, 화운비."

또르르 굴러가는 소리가 나왔다. 시간이 날 때마다 윤서에게 영어를 배우던 운비, 그 정도는 알아듣고 인사를 받았다.
하지만 거기까지였다. 유려한 영어가 이어지자 더는 들리지
않았다. 더구나 그는 보라스. 이렇게 보는 것만으로도 까무러
치기 직전의 운비였다.

"우리 보스께서 굉장히 만족하시는군요. 좋은 인연이 되기
를 바란답니다."

전화기를 받아 든 메튜가 보라스의 말을 통역하며 말을 이
었다.

"어제 센스케 쪽에서 접촉해 왔죠?"

"……?"

뜻밖의 질문에 황금석과 운비가 고개를 들었다.

"브레이브스를 지지하는 스칼렛도 열심이고."

'다 아네?'

운비는 혀를 내둘렀다. 과연 재킷 보라스의 정보력은 달랐
다.

"한국 에이전트 사는 물론 일본에서도 무려 세 구단이 입
질……"

'허얼, CCTV가 따로 없네.'

"좋은 현상이죠. 저희는 사실 황 선수가 여러 에이전트와
스카우터를 접촉하기를 기다리고 있었습니다."

"……?"

"그래야 우리 오퍼가 얼마나 가치가 있는지 알 수 있을 테니까요."

메튜가 웃었다. 완전히 자신감 넘치는 얼굴이다.

"우리는 그 어떤 에이전트나 스카우터보다도 경쟁력이 있다는 걸 말이 아닌 통계로 증명할 수 있기 때문이죠. 우리는 신인 선수의 가치를 찾아내 극대화하고 그 가치를 존중하는 구단을 찾아 최적의 계약으로 연결시키는 시스템을 가지고 있습니다. 그저 최선을 다하겠다는 것에 그치지 않지요."

"……."

"아마 조이 센스케 쪽에서는 300만 불 선에서 오퍼를 던질 겁니다. 물론 몇 가지 옵션을 붙여서 말입니다."

"……."

"다른 매력적인 조건을 떠나 금액만으로 친대도 우리는 그들보다 최소한 30%는 더 받아낼 수 있습니다. 황 선수의 가치 부각을 위해 플로리다 브레이든턴 IMG 아카데미나 그보다 더 좋은 곳에서 쇼케이스를 준비할 수도 있지요. 메이저리그 30개 구단 관계자를 초대한 자리 말입니다. 그들 중 황 선수의 재능을 제대로 알아보는 구단이 있다면 30%가 아니라 100%가 될 수도 있지요."

'100%?'

그렇다면 600만 불?

허언만은 아니었다. 미국의 신인 지명에서는 이미 1,600~
1,700만 불에 가까운 사례도 등장하고 있었다.

"우리는 황 선수의 능력을 극대화시켜 줄 시스템을 갖춘 구
단을 선택하게 할 수 있습니다. 선택을 받는 게 아니라 선택한
다는 겁니다. 그렇게 되면 황 선수는 데뷔 첫해에 신인상 경쟁
에 뛰어들 수도 있을 겁니다."

"……!"

신인상!

그 말에 반응한 건 박 감독과 전 코치였다. 신인상을 받는
다는 건 적어도 10승 이상을 구가한다는 의미이다. 그야말로
데뷔 첫해부터 3선발급이 되는 일이다.

"마지막 선물이 있습니다. 황 선수가 한국 선수들에게 족쇄
일 수도 있는 병역 문제까지 해결한다면… 보라스께서 보너스
를 계약해도 좋다고 허락하셨습니다."

'보너스?'

운비가 메튜를 바라보았다.

"한국의 규정상 고교를 졸업하고 바로 해외로 진출하면 본
인은 물론이거니와 학교에 배당되는 지원금도 중단되는 거 알
고 있습니다. 따라서 본계약과 따로 이 학교에도 거액의 지원
금을 책정할 수 있다는 걸 알려 드립니다."

"……?"

그 말에 반응한 건 교장이었다. 긴장하고 있던 얼굴이 한순간에 환하게 펴졌다.

"저희에게 황 선수의 미래를 맡겨주지 않겠습니까? 성공적인 메이저리거, 나아가 리그에서도 탑 그룹에 속하는 피처로 만들어내기 위해 최선을 다하겠습니다."

메튜는 유려한 매너로 설명을 끝냈다.

그는 그렇게 떠났다.

교장은 내심 흡족한 표정을 지었다. 강요는 하지 않지만 계약을 바라는 눈치다. 어차피 최고의 조건을 내세운 보라스이다. 메이저리그 최고의 에이전트. 운비는 처음부터 메이저리그 노래를 부르던 입장이니 기왕 갈 바에는 학교 지원금까지 준다는 보라스가 이상적이었다.

"운비야!"

운동장으로 나오자 선수들이 몰려왔다.

첫 점프 주자는 세형이었다. 몸무게가 불어난 것도 모르고 운비를 덮쳤다. 그 뒤로 한 덩치 하는 순기와 덕배도 보태졌다. 숨이 막혀 죽어도 좋았다. 어려운 과정을 똘똘 뭉쳐 지나온 그들이다.

"이제 메이저리그 가는 거냐?"

세형이 물었다.

"같이 갈까?"

"으악! 난 태극 마트나 달면 소원이 없겠다."

세형이 자지러졌다.

선수들과 어울려 뒹굴 때 저만치 택시가 한 대 멈췄다.

"어, KFC 할아버지다!"

세형이 소리쳤다. 운비가 고개를 들었다. 정말 스칼렛이었다. 그는 여전히 택시를 타고 왔다. 손에는 싼 햄버거까지 든 채.

"황운비!"

스칼렛이 작은 봉지를 내밀었다. 햄버거와 콜라 세트였다. 특히 콜라는 대짜였다. 운비가 콜라 광이라는 걸 아는 것이다.

"마셔."

통역을 두고 스칼렛이 웃었다. 간단한 말은 그가, 길고 복잡한 말은 통역을 통해 한다는 걸 운비도 잘 알고 있다.

"고맙습니다."

운비가 봉투를 받을 때였다. 전 코치가 다가와 제지했다.

"이런 건 곤란합니다."

"응? 황 선수는 콜라는 좋아하는데?"

스칼렛이 웃었다.

"운비는 아직 어립니다. 환심을 사시려는 거라면 곤란해요."

"손자 같아서 그러는 거랍니다."

통역이 나섰다.

"그래도 손자는 아니죠."

전 코치가 말을 잘랐다. 그 또한 운비가 사사로운 정에 얽매이지 않게 하려는 감독의 지시였다.

"안녕들 하세요?"

박 감독과 함께 나오는 황금석에게 스칼렛이 인사했다. 둘은 가벼운 묵례로 인사를 받았다.

"방금 보라스 측에서 다녀갔죠?"

통역이 물었다.

"그렇습니다만……"

"좋은 에이전트죠. 과연 황 선수는 좋은 선수가 분명합니다. 이번에 아시안게임 국가 대표에도 이름을 올렸죠?"

"……."

"한국의 전력이면 금메달을 딸 가능성이 90% 이상이니 하늘이 도왔군요."

통역의 말에 따라 스칼렛이 빙그레 웃었다.

"보라스하고 경쟁해도 자신 있다는 건가요?"

박 감독이 물었다.

"그건 아닙니다. 하지만 스칼렛이 나선 건이라면 보라스도 뛰어들 줄 알았을 뿐입니다."

통역이 쑥쓸히 웃으며 남은 말을 이어주었다.

"아, 돈으로는 자신이 없다고 하시네요."

스칼렛은 솔직 담백했다.

"그렇겠죠. 보라스라면 최고의 대우에 최고의 구단을 연결해 줄 테니."

"맞아요. 그럴 겁니다. 하지만 황 선수의 미래를 위해서는 브레이브스로 가는 게 맞습니다."

"스칼렛."

"말했잖아요. 브레이브스는 황 선수만을 위한 시스템을 갖출 거라고. 당장은 보라스와 손을 잡는 게 유리하겠지만 보라스와는 나중에 또 기회가 올 겁니다. 하지만 지금은 브레이브스가 좋아요."

"보라스라면 브레이브스에도 연결할 수 있지 않습니까?"

"당연하죠. 대신 몸값을 높여 부르겠죠. 그렇게 되면 브레이브스는 다른 사람을 찾아야 합니다."

"그 말은 곧 운비를 헐값에 데려가겠다는 건가요?"

"미리 말씀드렸지만 브레이브스는 200만 불입니다. 황 선수가 해외 진출을 하면 학교 지원금이 중단되는 사태가 생길 테니 그 정도는 더 얹어줄 수 있다고 합니다."

"그렇게 투자할 수 없는 구단이 어떻게 운비를 키우겠다는 거죠?"

"선수 육성 시스템과 운영 자금은 조금 다른 문제입니다. 지난 몇 년간 애틀랜타는 몇 차례의 트레이드를 통해 꾸준히 팜 시스템을 활성화하기 위해 노력하고 있습니다. 말하자면 양키스가 현재의 팀이라면 브레이브스는 미래의 팀이지요."

팜 시스템은 유망주를 위한 마이너리그의 시스템이다. 여기서 좋은 점수를 받는다는 건 신인 육성의 기대치가 크다는 의미였다.

"이상은 좋지만 요원합니다. 마이너리그에서 꿈을 접은 유망주가 한둘인가요? 어차피 운비의 능력과 성공 가능성을 높이 산다면 다른 구단에 못지않은 배팅을 못 할 일이 없지 않습니까?"

"솔직히 브레이브스가 투자를 않는다는 건 오해입니다. 새 구장 건설에 드는 비용만 해도 무려 7억 달러에 근접하죠. 팀의 미래를 위해 리빌딩을 하고 팬 서비스를 위해 거액을 투자해 새 판을 설계하는 구단이 짜다고 느끼십니까? 브레이브스는 단지 효율적인 투자를 하고 있는 것뿐입니다."

"……"

"브레이브스가 마련한 엘리트 육성 프로그램 BFP, 그걸 직접 보면 이해가 갈 겁니다. 그건 Of the Whuang, By the Whuang, For the Whuang을 위한 프로그램이니까요."

"허어."

"황 선수는 브레이브스로 가야 합니다. 2017년 시즌에 브레이브스의 홈구장이 새로 열리면 황은 브레이브스가 추진하는 다른 영건 프로젝트와 함께 새 역사를 쓰는 선수가 될 수 있습니다. 브레이브스의 리빌딩은 반드시 성공합니다."

스칼렛의 신념은 단단하기만 했다.

"정말 고집스럽군요. 아무리 봐도 보라스나 다른 에이전트의 조건에 미치지 못하는데… 심지어는 일본의 오퍼보다도 매력이 없어요."

"아시안게임이 끝나면 황 선수를 브레이브스로 데려가게 해 주세요. BFP 시스템을 보여주겠습니다. 그걸 보면 생각이 달라질 겁니다."

"스칼렛."

"내 스카우터 일생 전부를 건 마지막 작품을 고르고 있습니다. 한 가지는 말씀드리죠. 이번 아시안게임, 만약 한국이 금메달을 못 따면 에이전트들의 배팅이 변할 겁니다. 하지만 내 조건은 변하지 않습니다."

"그야 한국은 반드시 금메달을 딸 것이고 스칼렛의 조건은 그들에 미치지 못하므로……."

"금메달은 가능성이 높지만 후자는 이걸 보시면 그렇게 말하지 못할 겁니다."

통역이 문서 한 장을 꺼내 보였다. 브레이브스 단장 앤서니 하트의 사인이 적힌 문서였다.

"여기 스칼렛에게 전권을 위임한 문서입니다. 날짜를 보시죠."

"……?"

문서를 본 박 감독과 황금석이 소스라쳤다. 날짜 때문이다. 200만 불 배팅을 허락한 시점. 바로 협회장배에서 1승을 거둔 그다음 날이었다.

"……!"

박 감독은 한 번 더 놀랐다. 운비의 잠재력. 그걸 단박에 알아본 스칼렛이었다. 그가 매의 눈이라는 건 허명이 아니었다.

"황 선수는 브레이브스로 가야 합니다. 다른 구단에 가면 롱런하지 못합니다. 왜냐고요? 당장 써먹으려 할 테니까요. 하지만 브레이브스는 서서히, 그리고 완벽하게 담금질을 할 겁니다. 왜냐고요? 브레이브스 리빌딩의 진정한 빛을 황 선수에게 보게 할 거니까요."

"스칼렛."

"다음으로 이 데이터를 보시죠."

스칼렛이 말하자 통역이 서류를 꺼내놓았다. 운비에 대한 예상 분석 자료였다.

G/GS/CG/SHO/IP/H/R/ER/H/BB/SO를 시작으로 ERA/

PIT Number of pitchs/TBF Total Batter Faced/P/GS, K/9, K/BB까지 동공이 어지러울 정도의 자료가 거기 있었다.

가장 쉽게 눈에 들어온 건 승패였다.

7승 6패. 방어율 4.26.

7승 6패.

운비의 눈은 거기에 꽂혀 있었다.

그다음은 운비의 장단점에 대한 분석이었다. 운비도 모르는 투구 습관까지 낱낱이 해부된 자료였다.

'투구 습관……'

운비의 등골이 서늘해졌다. 이미 알고 있는 것이다. 박 감독도 누누이 강조한 말이다. 투수는 투구 습관을 가지면 취약이다. 그건 마치 타자에게 무슨 공을 던질 거라고 알려주는 것과 같았다. 그렇기에 포심과 커터의 릴리스 포인트까지 맞추고 있는 운비였다.

"……!"

박 감독과 전 코치의 입도 쩍 벌어졌다. 굉장했다. 그야말로 스칼렛이 얼마나 공을 들이고 있는 알 수 있었기 때문이다.

"그리고……"

스칼렛은 또 하나의 자료를 내놓았다. 어린 흑인선수 얼굴이 찍힌 자료였다.

"이건 뭐죠?"

박 감독이 물었다.

"황 선수와 함께 키울 타자 쪽 유망주입니다. 이 친구 역시 메이저리그의 많은 스카우터, 에이전트 사이에서 고민하다 얼마 전에 저와 사인을 했습니다. 이름은 마리오 리베라. 황 선수가 머잖아 만나게 될 사람입니다."

리베라, 운비가 좋아하는 커터 명인 투수 리베라와 같은 이름이다.

"운비가요?"

"작년 세계청소년야구선수권대회 기억하시나요?"

"어, 그러고 보니 이 친구……."

전 코치가 사진을 집어 들었다.

"쿠바 선수 맞죠? 당시 5할에 가까운 타격으로 상대 팀 투수들을 쑥대밭으로 만든……."

"타격 코치시라 알고 있군요. 맞습니다. 하지만 저는 그 친구를 중학교 때부터 알고 있었습니다. 콜라도 함께 마시는 사이였지요."

"……."

"그 친구 역시 200만 불에 사인했습니다. 다른 에이전트들이 끼어들어 450만 불을 배팅했지만 제가 이겼어요. 우리 시스템을 보고 마음을 바꾼 거죠."

"……."

"박 감독님, 그리고 아버님, 황 선수의 미래를 생각한다면 꼭 브레이브스로 보내주세요. 아니, 일단 미국에 가서 시스템이라도 보고 나서 결정해 주시기를 바랍니다. 내 스카우터 인생 전부를 걸고 요청합니다."

스칼렛이 정중하게 고개를 숙였다. 비굴하거나 사정하는 게 아니었다. 그는 정말 자신의 신념을 걸고 있었다.

"이제 이 콜라, 황 선수에게 줘도 될까요? 뇌물이라든가, 사심 같은 건 하나도 없습니다."

스칼렛이 웃자 황금석이 운비를 바라보았다. 운비는 콜라를 받아 들어 대형 잔을 원샷으로 호로록 해버렸다. 그만큼 몰입하고 있는 운비였다.

"고맙네."

스칼렛이 웃었다.

"어쩌죠?"

스칼렛이 떠나자 황금석이 박 감독을 바라보았다.

"글쎄요, 어차피 메이저로 가는 거라면 보라스가 최고이긴 하죠. 그런데 저 양반, 뭘 믿고 저러는 건지……."

"하긴 보라스만 한 에이전트는 없다고 들었습니다."

"그렇죠. 게다가 최고 대우를 해주겠다니……."

"감독님."

듣고 있던 운비가 운을 떼었다.

"왜?"

"저는 스칼렛이 마음에 들어요."

"뭐, 사람이야 좋지. 하지만 계약이란 사람이나 정을 보고 하는 게 아니다."

"그럼 이건 어떨까요? 진짜 미국으로 가서 쇼케이스도 하고 저 할아버지 소원도 들어줄 겸 브레이브스의 시스템을 보면."

전 코치도 의견을 개진하고 나섰다.

"그것도 나쁘지 않겠군. 현지 반응도 보고. 운비 네 생각은 어떠냐?"

"전 지금 아시안게임 생각밖에……."

운비는 솔직히 말했다.

"하핫, 그렇지. 네 생각이 옳다."

한바탕 웃어젖힌 박 감독이 황금석을 보며 뒷말을 이었다.

"아버님, 일단 아시안게임 끝나고 결정하죠? 스칼렛 말도 일리가 있거든요. 아시안게임에서 운비가 활약을 하면 좋고, 그렇지 않으면 저들이 몸값을 후릴 수도 있습니다."

"그럴까요?"

"운비야."

"예?"

"등판 기회가 주어지면 최선을 다해 던져라. 어쩌면 네 야구 인생에 가장 중대한 기로가 될 수도 있어."

"예."

대답을 하고 운동장으로 나왔다. 세형이 1학년들을 쥐 잡듯 잡고 있다. 가만히 들어보니 두어 명이 운비를 시기한 모양이다.

"야, 이 새끼들아, 니들이 뭘 알아서 운비 흉을 봐? 뭐 메이저 스카우터들이 오니까 오늘 같은 날도 쉬지 않고 학교에 나와서 연습 안 끝나게 만든다고? 야, 이 새끼들아. 그래서 뭐? 연습해서 남 주냐? 운비가 니들 연습한 거 뺏어가? 뺏어가냐고?"

"……!"

"이 새끼들아, 운비는 늘 우리 걱정하고 있어. 힘들어도 연투하는 게 왜인지 알아? 너희 새끼들 하고 우리 때문이잖아? 팀이 4강에 들어야 다들 후진 대학이라도 갈 거 아냐?"

"……"

"븅신 새끼들이 그저 툭하면 땡땡이 칠 생각이나 하고. 야, 이 새끼들아, 작년 3학년 형들도 운비 덕에 대학에라도 간 선배가 한둘인 줄 알아?"

흥분하는 세형에게 다가선 운비가 어깨를 잡았다.

"어, 운비야."

세형의 목소리가 단박에 주저앉았다.

"힘들면 오늘은 들어가라. 내일 또 열심히 하면 되지."

운비가 신입생들에게 말했다. 뜻밖의 말에 신입생들이 일제히 고개를 떨구었다.

"하지만 세형이 말이 맞다. 연습은 오직 너희들 자신을 위한 거야. 야구는 해도 해도 끝이 없거든. 선배들이 부족한 게 있다면 이해해 주면 좋겠다. 사실 우리도 야구 잘 모르거든."

운비는 신입생을 어깨를 하나씩 쓸어주었다. 그런 다음 운동장으로 나가 러닝을 시작했다. 달리면 행복하다. 잡념이 사라지기 때문이다.

세형이 그 뒤를 따라왔다. 순기와 형도도 뒤를 이었다. 주저하던 신입생들도 동참했다. 결국은 덕배와 3학년들도 꼬리를 물었다.

'마리오 리베라……'

운비의 혀끝에 걸린 낯선 이름이다. 하지만 그 역시 스칼렛처럼 운비의 운명을 바꿔줄 이름이었다.

"아, 저 자식."

그걸 보던 전 코치가 혀를 내둘렀다. 운비가 오니 분위기부터 달라지는 야구부였다. 그걸 보고 있는 사람이 하나 더 있었다. 저만치 송림에 자리한 스칼렛이다. 주름 파인 스칼렛의 입가에 미소가 스쳐 갔다.

"하느아 뚜아, 하느아 뚜아……."

운동장에서는 운비의 구보 선창이 힘차게 메아리치고 있었
다. 해안의 파도 소리보다도 더 큰 울림으로.

7. 아시안게임의 고교생 히어로

짝짝짝!

며칠 후, 작은 식당에 박수가 울려 퍼졌다. 국대에 소집되는 황운비 환송식이다. 소야고로서는 처음 배출한 성인 무대 국가 대표. 더구나 최연소였기에 자부심이 상당했다.

"내가 이럴 줄 알았다니까요."

동문회장과 야구부 학부모들도 이구동성으로 좋아했다. 바닷가 작은 도시의 고등학교. 운비로 인해 대박 홍보가 되고 있었다. 오죽하면 기념 촬영을 위해 들르는 관광객도 있었다.

황금석, 이규리, 윤서도 참석했다. 다들 들떠 있으므로 그들은 그저 겸손히 자리를 지켰다.

"자, 우리 국대 투수 황운비를 위하여!"

주장 덕배가 일어나 건배 제창을 했다. 손에 든 건 콜라이다. 다른 선수들의 손에도 콜라가 들려 있다. 이제는 소야고의 전통을 아는 윤서, 우려는 되었지만 말리지는 않았다. 하지만 거친 콜라 세례를 퍼부으려던 선수들의 손이 운비 앞에서 일제히 멈추었다.

"신성한 국대님 몸에 콜라를 부을 순 없으니……."

덕배가 큰 잔을 내밀었다. 선수들은 각자의 잔에서 조금씩 흘려 넣어 한 잔을 만들었다.

"원샷!"

덕배가 소리쳤다. 운비는 기꺼이 콜라를 마셨다. 팀원들이 덜어주는 기였다. 게다가 콜라광인 운비가 아닌가?

"어유, 이 껑다리 귀요미."

세형이 운비를 끌어안았다.

"나 없는 사이에 훈련 잘하고 있어라. 애들 갈구고 설렁설렁하다가 주전 자리 뺏기지 말고."

"쳇, 왜 이러서. 나 이제 구멍 안방 아닌 거 몰라?"

세형이 웃었다. 운비의 마인드 컨트롤(?) 덕분에 도루 저지에 자신감이 붙은 세형. 그도 이제 프로 구단의 입질을 받는 몸이 되었다.

"아무튼 금메달 꼭 따와라. 못 따면 뒈진다."

세형이 주먹을 내밀었다. 운비의 주먹이 맞닿았다. 어쩌면 형제보다 각별한 세형. 가만히 껴안아주고 소집에 응했다. 국가 대표 황운비로서.

끼익!

9월 15일, 황금석의 벤츠가 국가 대표 소집장 앞에 섰다.

"황운비, 기죽으면 죽는다."

윤서가 내려 옷깃을 바로잡아 주었다.

"잘해라. 넌 우리 집의 자랑이야."

황금석도 격려를 실어주었다.

애틋한 시선을 받으며 운비는 대표 선수 훈련장으로 향했다. 여기저기에서 내린 프로선수들은 대개 양복 차림이었다. 상관없었다. 운비는 마음이 뿌듯해서 옷이 신경 쓰이지 않았다.

"우리 운비 늠름하죠?"

벤츠 앞에서 윤서가 말했다.

"암, 누구 아들인데?"

"황윤서 동생이기도 하죠."

윤서의 입가에도 뿌듯함이 가득했다.

국가 대표 유니폼을 받았다. 가슴이 터지는 것만 같았다. 하의를 입고 상의 단추를 잠글 때 운비의 손이 파르르 떨렸다. 150㎞/h의 강속구를 뿌려대는 손이.

대표팀 유니폼은 두 가지 색상으로 오늘 기념 촬영을 위해 입은 건 흰색이었다. 그 위에 파란 모자를 눌러썼다. 핸드폰으로 셀카를 찍었다. 셀카를 즐기지는 않지만 이것만은 남겨두고 싶었다. 사진은 바로 황금석과 방규리, 그리고 윤서에게 전송되었다. 세 사람 모두 얼마나 좋아할까? 더 좋아할 사람도 있지만 생각지 않았다. 그분들을 위해서는 오직 전진뿐이었다.

유니폼을 입고 걸었다. 하늘같은 선배들도 하나둘 모여들었다. 선배들에게 보이는 족족 인사를 했다.

펑펑!

기자들이 플래시를 터뜨렸다. 운비는 맨 뒷줄의 오른쪽 끝에 섰다. 카메라 기자가 정해준 자리이다. 신장은 어느새 2미터. 대표팀 중에서도 가장 컸기에 구도를 고려한 것이다.

"파이팅!"

주먹 구호와 함께 촬영이 끝났다. 기자들이 운비에게 몰려들었다. 구경 나온 팬들도 몰려들었다.

"소감 한마디 해줄래?"

차혁래가 대표로 물었다. 형처럼 친근하게 반말을 하는 차혁래. 비 온 후에 땅이 굳는다고 배구에서 전향할 때는 독설을 퍼붓더니 이제는 운비의 골수팬이 된 그였다.

"얼떨떨합니다. 꿈만 같아요."

운비는 순진하게 얼굴을 붉혔다. 그 모습이 팬들의 갈채를 받았다. 아직 순수함이 가시지 않은 소년. 이 소년이 태극 마크를 단 것이다.

"이번 대회, 개인적인 목표는 뭐죠?"

다른 기자가 물었다.

"형님들 보조하면서 제게 주어진 역할을 다하는 겁니다."

"개인적으로 어떤 경기에 나가고 싶습니까?"

"감독님과 코치님들 결정에 따라서 열심히 던지겠습니다."

말도 실수하지 않았다. 또박또박 말하는 그 모습 역시 팬들의 성원을 받았다. 운비는 팬들의 요청으로 사진을 찍고 사인을 해주었다. 그 인기는 프로선수들 못지않았다.

"이야, 역시 어리고 봐야 한다니까."

포수로 선발된 강만우가 시샘을 날려 왔다. 운비는 대선배를 향해 머쓱하게 웃어 보였다.

따악!

따악!

연습장의 타구들이 총알처럼 날아갔다. 아니, 미사일 같았다. 고교야구만 경험해 온 운비에게 있어 프로선수들의 타격 연습은 신세계와 다르지 않았다. 그렇다고 두려운 건 아니었다. 한 차원 높은 모습이 그저 신기할 뿐이다.

"황운비!"

넋을 놓고 있는 운비를 투수 코치가 불렀다. 운비는 10명의 투수와 더불어 몸을 풀었다. 왼쪽은 채우천, 오른쪽은 김광연, 그 옆은 한지만과 배종근, 김창용……. 눈길을 제대로 주기 어려울 정도로 쟁쟁한 선수들을 보니 안구가 정화되는 느낌이다.

"한번 던져봐라."

캐칭 볼까지 끝나자 코치가 운비에게 말했다.

초고교급 투수.

고교야구에서는 이슈이자 경탄의 대상이지만 프로는 달랐다. 그들 중 상당수가 초고교급 시절을 지나온 사람이다. 그래도 빅 유닛에 대한 호기심은 숨길 수 없어 수비 훈련을 하던 타자들까지 모여들었다. 좋은 구경거리였기에 기자들도 빠지지 않았다.

쾅!

몸을 푼 운비의 1구가 날아갔다. 투수들과 코치의 눈이 공에서 떨어지지 않았다. 어린 운비인지라 공 속도가 처음부터 올라갔다. 코치가 제동을 걸었다.

"무리하지 말고 자연스럽게."

오버페이스를 우려한 조치였다.

"가진 거 다 던져봐라. 커터가 수준급이라던데."

코치의 주문에 응했다. 커터를 날렸다. 코치가 공을 받은 포수를 바라보았다. 포수가 고개를 끄덕이자 코치 역시 고갯짓으로 화답했다.

"그냥 봐서 아나요. 쳐봐야 알지."

주장을 맡은 박병우가 방망이를 들고 타석에 들어섰다.

"그냥 하면 돼? 내기를 해야지."

"병우가 못 치면 백만 원?"

선수들이 흥을 돋웠다.

운비가 코치를 바라보았다. 코치는 피식 웃을 뿐이다. 붙어보라는 뜻이다.

한참 방망이에 물이 오른 파워 히터 박병우였다. 배트 스윙의 바람 소리부터 달랐다. 맞으면 그냥 넘어가는 것이다. 그러고 보니 포수로 앉은 강만우. 그 또한 돌담에 다름 아니었다. 세형이하고는 클래스가 달랐다.

'과연 프로 형들.'

호흡을 고르고 공을 잡았다. 어쩌면 시험 무대일 수도 있었다. 류중삼 감독이 밝힌 선발투수 구상은 단 하나였다.

'컨디션대로 출장.'

그립을 잡는 손가락에 힘이 들어갔다. 국가 대표 유니폼을 입기까지의 우여곡절을 아는 운비이다.

—시기상조.

―성인 무대는 달라.

―잘 크는 애 기죽일 일 있나?

나중에 확인한 인터넷의 댓글들이 생각났다.

매직 존은 뜨지 않았다. 정식 시합이 아닌 것이다. 박병우에 대한 세부 정보도 없었다.

'모르면 인코스부터.'

박 감독의 교과서를 떠올렸다. 슬쩍 인코스 쪽을 조준한 운비의 초구 커터가 날아갔다.

빠악!

소리와 함께 공이 솟았다. 조금 빠지며 스트라이크존의 가운데로 몰린 공. 쭉쭉 날아가다 옆으로 휘었다. 자칫하면 홈런이 될 뻔한 공이었다.

"오, 생각보다 좋은데?"

배트를 조율한 박병우가 립 서비스를 작렬했다. 그 여유를 향해 2구가 날아갔다. 이번에는 제대로 힘이 실린 커터였다.

빠각!

거침없이 나온 박병우의 방망이에서 불협화음이 났다. 밑부분이 두 동강이 난 것이다.

"……!"

박병우의 이마에 검은빛이 스쳐 갔다. 초고교급 투수라지만 그래봤자 열여덟. 보기 좋게 담장을 넘겨 실력을 과시하려다 헛물을 켜고 만 것이다.

"방금 그 공 하나 더 부탁한다."

방망이를 고쳐 잡은 박병우의 목소리가 변했다. 여유는 간데없고 긴장했다. 운비는 요청에 따랐다.

"……!"

하지만 박병우의 방망이는 헛돌고 말았다. 방금 전의 공과 달랐다. 홈 플레이트를 앞두고 갑자기 종으로 휘어진 것. RPM 1,800을 넘보는 초고속 회전의 커터였으니 박병우의 예상보다 각이 잘 나온 것이다. 운비는 사실 대충 던질 생각이었다. 하지만 박 감독의 말이 떠올랐다. 전 코치가 처음 부임한 날, 프로선수들과 붙은 운비. 그때 박 감독이 말했다. 다음에 붙으면 최선을 다하라고.

"삼구 삼진!"

강성오가 심판처럼 허공을 후려치며 익살을 떨었다. 박병우는 입술을 실룩이며 타석에서 물러났다.

"이야, 바짝 긴장해야겠네. 황운비가 프로에 오면 우리 타율 왕창 까먹겠는데요?"

누군가의 엄살과 함께 즉석 이벤트가 끝났다. 상기된 건 운비도 다르지 않았다. 장난으로 맞선 대결이었지만 상대는 최고의 프로선수. 비록 병역면제를 받은 선수들이 빠졌지만 KBO 최상위 클래스의 타자였다. 그가 최선을 다하지 않았을 수도 있지만 내심 뿌듯할 수밖에 없는 순간이었다.

"너, 이번에 일 좀 내겠다?"

좌완 김광연이 다가와 운비의 어깨를 쳐주었다.

"짜식, 어깨에 힘 들어간 것 좀 봐라. 병우 형이 분위기 살려준 것도 모르고."

1선발로 꼽히는 공석규의 말은 좀 삐딱하게 들렸다. 사실 운비는 그것도 잘 몰랐다. 아직도 어안이 벙벙한 까닭이다. 분위기는 좋았다. 프로선수들이라 그런지 모든 게 자유로워 보였다. 게다가 금메달도 낙관하는 분위기. 그렇기에 웃음꽃이 지지 않았다.

간단하게 청백전도 했다. 운비도 1이닝을 등판했다. 가벼운 피칭으로 몸을 풀었다. 안타 하나를 맞고 땅볼과 뜬공으로 차례를 끝냈다. 운비는 상기된 채 글러브를 벗었다.

두근두근.

심장은 저 혼자 요란을 떨었다. 국가 대표, 프로 형들과의 연습 게임. 막연하게 생각하던 꿈이 현실이 되었다. 청소년 대표와는 아주 다른 기분이다. 그렇기에 마음은 하늘에 살짝 떠 있었다. 훈련은 그렇게 끝이 났다.

숙소로 돌아온 운비는 아시안게임 규정을 읽었다. 대회마다 규정이 조금씩 다른 까닭이다. 룸메이트로 지정된 에이스 공석규는 아직 돌아오지 않았다.

이번 대회에 참가하는 나라는 모두 8개국. 조는 두 개로 나뉘어 있었다.

A조: 몽골, 일본, 중국, 파키스탄.

B조: 한국, 대만, 태국, 홍콩.

국가의 구성은 아시아청소년대회와 크게 다르지 않았다. 여기서도 한국과 자웅을 겨룰 나라는 대만과 일본이었다. 사회인 야구팀을 주축으로 하지만 그래도 만만치 않은 전력의 일본. 자국 리그와 마이너리그 선수를 포함시킨 대만.

재미난 건 여기도 콜드게임 규정이 있다는 사실이다. 아시안게임은 프로야구 규정이 아닌 국제야구연맹(IBAF) 규칙을 따르기 때문이다.

홈런을 쳤을 경우 선수와 코칭스태프가 그라운드로 나오면 안 되고 더그아웃을 지켜야 하는 규정 등은 고교야구와 비슷해 보였다.

눈길을 끄는 또 하나는 승부치기였다. 연장전이 벌어지면 무사 1, 2루 상황에서 시작하는 것이다. 예선 라운드 결과 동률 팀이 나오면 승자승을 적용하고 이후 팀 성적 지표가 높은 팀, 그리고 팀 평균 자책점이 낮은 팀, 동률 팀 간 팀 타율이 높은 팀의 순서로 순위를 결정한다. 이를 통해서도 순위가 결정되지 않으면 동전 던지기로 순위를 가린다.

규정을 숙지한 운비는 침대에 누워 공을 던졌다. 천장까지

닿을 듯 말 듯. 메이저 레전드가 알려준 이 비법은 운비에게
큰 도움이 되고 있었다. 혼자 있을 때는 심심풀이도 되었다.

그때 방문이 열렸다. 공석규가 들어왔다. 술 냄새가 났다.
그는 거의 날마다 술을 마시는 모양이다. 게다가 오늘은 담배
까지 들고 있다.

그는 병역면제를 당연시하고 있었다. 2년 후에 돌아올 FA
의 금액을 머리에 그렸다.

'최소한 100억은…….'

"일단 외제 스포츠카 한 대 뽑고……."

그 돈으로 할 일까지 떠벌리는 공석규였다.

"뭐 하는 시추에이션?"

야구공으로 제구력 연습을 하는 운비를 보고 공석규가 가
소로운 듯 물었다.

"아무것도 아닙니다."

운비는 얼른 일어나 앉았다. 선배에 대한 예의였다.

"꼽냐?"

괜히 운비에게 까칠하게 각을 세우는 공석규. 벽에 붙은 숙
소의 금연 안내문을 바라보더니 제 발 저린 듯 변죽을 울렸
다.

"꼽냐고?"

"아닙니다."

"새끼가 보이는 게 없나?"

공석규가 때릴 듯 액션을 취했다. 손이 운비 머리 앞에서 멈췄다. 운비는 눈을 감지 않았다.

"어쭈?"

"……."

"새꺄, 프로가 달리 프론 줄 알아? 자기가 알아서 하니까 프로지."

운비의 머리를 톡톡 건드리는 석규.

"……."

"에이씨, 이게 무슨 개고생이야? 어차피 금메달은 우리 거나 다름없는데."

"……."

"하긴 니가 뭘 알겠냐? 한 자리 끼워주니까 똥인지 된장인 지 모르고 나대는 꼴 하곤."

"……."

"씨발, 군 면제 때문에 할 수 없이 왔더니 뭐? 나보고 대만 전 나가라고? 누군 조빽이 쳐서 군 면제, 누군 설렁설렁 이름 만 올리고 군 면제. 에이, 썅!"

공석규는 계속 핏대를 올렸다. 아마 감독이나 코치에게 언 질을 들은 모양이다.

―결승전은 공석규.

―준결승은 김광연.

훈련 중에 간간이 나오던 말이다. 운비 같으면 영광이 되었을 자리. 그러나 돈과 직결되는 프로는 또 생각이 다른 모양이다. 그때 공석규의 핸드폰이 울렸다.

"어, 그래? 알았어. 그럼 나가야지."

전화를 받은 공석규가 스스럼없이 일어섰다. 시간은 자정에 가까운 상황. 외출 금지 시간이지만 공석규는 그런 걸 가리지 않았다.

"애들은 자라. 나 좀 나갔다 올 테니까."

"예."

"코치가 찾으면 잘 둘러대고."

"……."

공석규는 새벽에야 돌아왔다. 다음 날 마감 훈련으로 벌어진 MG와의 연습 게임에도 나오지 않았다. 컨디션이 안 좋다는 게 평계였다. 운비는 이전 롯데와의 경기에 이어 두 번째 출격을 했다. 이날은 선발이었다. 롯데의 선발은 김정회가 나왔다.

이틀 전의 연습 게임, 운비는 3번 타자에게 2루타를 맞았다. 실투였지만 아찔했다. 공 하나 차이를 놓치지 않은 프로선수들이었다.

아시안게임에서 만날 대만 팀에는 마이너리그 소속 타자들이 많았다.

대만은 투수보다 타격의 팀.

그 말을 상기하며 초구를 던졌다. 1번 타자는 정준호. 몸 쪽 약간 높은 곳으로 향한 포심이었다. 첫 구속은 144킬로미터. 다행히 스트라이크존에 걸쳤다. 2구 역시 포심으로 몸 쪽에 붙였다. 145를 찍으며 볼 판정을 받았다. 3구째는 커터를 안겨주었다. 정준호의 방망이가 나왔지만 밑동을 맞으며 파울이 되었다. 4구는 바깥쪽 높은 곳에 유인구를 날렸다. 타자는 속지 않았다.

마지막 위닝샷은 체인지업이었다. 몸이 풀리지 않아 구속은 크게 오르지 않았지만 코스가 괜찮았다. 정준호의 방망이가 돌았다. 헛스윙이었다.

서로 모르는 사이면 투수가 유리하다.

운비는 삼진에 큰 의미를 두지 않았다.

원아웃.

어쨌든 시작이 좋았다. 코치들은 매 일 구 일 구를 메모하고 있었다. 2번 타자로 나온 선봉기는 내야 땅볼로 잡았다. 체인지업을 건드려 준 덕분이다.

다음으로 들어선 타자는 최중석이다. 태산 같은 거구가 들어서자 홈 플레이트가 갑갑해 보였다. 고교야구와는 확실히

중압감부터 달렸다.

'몸 쪽 포심.'

포수로 들어앉은 강만우가 사인을 보냈다. 포수의 리드에 따라 공을 뿌렸다. 구속이 조금 올라 146를 찍었다.

볼!

2구 역시 비슷한 코스에 회전을 높인 포심을 날렸다.

볼!

최중석은 속지 않았다.

'위협구 한 방!'

강만우가 미트를 들어 올렸다. 최중석의 가슴 높이였다. 몸 쪽 높은 존을 겨눈 커터가 날아갔다.

따악!

방망이가 나왔다. 높은 공을 좋아하는 타자였다. 게다가 볼 카운트가 유리하니까 한 방 노려본 것. 하지만 운비의 커터에 위력이 붙었다. 힘으로 밀어붙이는 타자와 공이 만나자 방망이 가 동강 나버렸다. 공은 1루수 쪽으로 맥없이 굴러갔다. 1루수 가 잡고, 운비는 열심히 베이스커버에 들어가 타자를 아웃시켰 다.

짝짝!

어디선가 박수가 나왔다.

2회에도 운비는 삼자범퇴로 이닝을 막았다. 이번에는 커터를 많이 던졌다. 마지막 타자 정운에게는 체인지업도 구사했다. 투 스트라이크를 잡은 후에는 위닝샷으로 149킬로미터에 RPM 2,350짜리 포심을 뿌렸다. 이날의 역투였다.

운비를 얕보던 타자는 겨우 공 끝을 맞추고 내야땅볼로 물러났다. 운비의 역할은 거기까지였다.

대표팀과 롯데의 선수들은 즐기며 게임을 마쳤다. 결과는 4 대 3으로 대표팀의 승리. 두 차례 평가전을 끝내며 컨디션 조절을 마쳤다.

개막전이 벌어지기 전날, 투수 코치가 운비에게 반가운 통보를 해왔다.

"개막전 선발이다!"

고심하던 코치진은 비교적 무난한 대전을 운비에게 맡겼다. 운비가 어리다지만 야구가 강하지 않은 태국. 자칫 김이 빠질 수도 있는 개막전에 운비를 내세움으로써 야구팬들의 흥미를 높이려는 이벤트성 결정이었다.

투수 황운비, 포수 강만우.

선발 배터리는 그렇게 정해졌다.

한국의 개막전이 벌어지는 문학구장. 황금석 부부와 윤서는 일찌감치 나와 있었다. 운비가 선수단 버스에서 내리자 윤서가 손을 흔들었다.

"운비야, 잘해!"

윤서의 뒤에는 다양한 사람들이 포진해 있었다. 외국인 수 강생을 십여 명이나 대동(?)하고 있다. 그들도 운비 팬클럽 중 일부였다.

"황운비! 황운비!"

응원을 받으며 경기장으로 들어섰다.

"긴장하지 말고 네 공만 던져라. 무난하게 이길 거다."

류 감독이 운비의 어깨에 힘을 실어주었다. 경기에 앞서 선 수 소개, 그리고 애국가가 이어졌다. 기분 죽여줬다. 그건 리 베라의 주제가보다도 더 뜨끈한 느낌이다.

"파이팅 코리아!"

주먹을 불끈 쥐고 내, 외야를 향해 외쳤다. 프로선수들의 반응은 시크했다. 상관없었다. 가만히 돌아보는 스탠드. 거기 에 가족들이 보였다. 어느새 태극기를 온몸에 감고 운비에게 손을 흔드는 그들. 십여 명의 외국인도 똑같이 태극전사로 변 해 있었다.

'고맙습니다.'

마음속으로 답했다.

'잘할게요.'

다짐도 전했다.

"투심, 포심, 중심으로 가자. 몰리지만 말아라."

강만우가 의견을 전해왔다.

초구.

글러브 안에서 그립을 쥐었다. 국가 대표 개막전이다. 운비에게는 아주 역사적인 날. 그 첫 공이 따뜻하게 느껴졌다. 역동적으로 와인드업을 한 운비는 초구에 시동을 걸었다.

빠악!

거침없이 가운데에 꽂았다. 144킬로미터를 찍은 포심이었다. 선두 타자의 방망이가 돌았지만 공은 미트에 들어간 후였다.

태국 선수들의 수준은 생각보다 낮았다. 그래도 운비는 최선을 다했다. 쟁쟁한 프로선수들이 즐비하니 어쩌면 다음 등판은 없을 수도 있었다. 그렇기에 자신의 공을 후회 없이 퍼부었다. 포심에 더한 커터까지 선보이며 태국 타자들의 혼을 빼놓았다.

그들의 방망이는 허무한 춤을 췄다. 제대로 맞는 공은 하나도 나오지 않았고, 어쩌다 맞는 공도 그저 방망이를 스칠 뿐이었다.

승부는 1회 말에 나 있었다. 대표팀은 주자 일소하며 8점을 챙겼다. 2회를 제외하고 3회와 4회에도 3점, 4점을 몰아쳤다. 그렇게 태국을 콜드게임으로 몰아넣었다.

타자들도 최선을 다했다. 대회 규정 때문이다. 최후에는 승자승과 평균 자책점, 팀 타율 등도 잣대가 될 수도 있기 때문이다.

4회 초.

이 이닝이 백미였다. 완전하게 몸이 풀린 운비의 진가가 발휘된 것이다. 1번 타자부터 다시 시작하는 태국의 타선. 안타나 출루를 하기 위해 안간힘을 쓰는 게 보였다. 타석도 안쪽으로 바짝 붙었고 방망이 역시 극단적으로 짧았다. 하지만 호락호락한 운비가 아니었다.

강민우의 리드도 기가 막혔다. 몸에라도 맞고 싶은 타자들이었지만 안쪽 높은 공이 날아오면 혼비백산하며 물러났다. 커터의 위력이었다. 세 타자를 공 열한 개로 돌부처를 만들었다. 전 회처럼 볼이나 파울도 없었다.

삼진!

삼진!

삼진!

윤서 옆의 영국인 팬이 들고 있는 K의 숫자가 여섯 개로 늘어났다.

5회 초.

다르지 않았다. 운비는 세 타자 연속 삼진 기록을 세우며 승부를 매조지했다. 마지막 일 구는 한가운데 꽂아준 포심이었다. 무려 151km/h를 찍은 광속구였다.

쾅!

공은 강만우의 미트 안에서 벼락 소리를 냈다. 마감을 알리는 축포였다.

"운비야!"

윤서가 방방 뛰었다.

한국은 개막전에서 15 대 0의 대승을 거두었다.

단 하나의 안타도, 한 명의 타자도 내보내지 않은 퍼펙트게임이었다. 승리투수는 황운비. 방어율이며 피안타율은 계산할 것도 없었다. 모두 제로, 제로, 제로였다.

"수고했다."

코치진이 다가와 짧게 운비를 격려했다. 시답지 않은 반응을 보인 건 공석규뿐이었다.

"운비야, 오늘 시청률 좋았다!"

취재단으로 나온 차혁래 기자가 소리쳤다. 왠지 얼굴이 뜨끈해졌다.

"황운비 파이팅!"

여기저기서 모여든 팬클럽이 환호성을 질렀다. 인증 샷을 찍고 사인도 해주었다. 운비의 인기는 프로선수들 못지않았다. 그때 꼬마 하나가 파울 공을 내밀었다.

"사인해 주세요."

아이가 귀여웠다. 어떻게 거절할 것인가. 운비는 정성껏 사

인을 하고 기념 촬영까지 응해주었다. 기분? 한마디로 갓 튀겨
낸 치킨에 토종꿀 소스를 발라 쪽쪽 빠는 느낌이다.

2차전.

한국은 대만과 맞붙었다. 이 경기 역시 10 대 0으로 콜드게
임을 거두었다. 투수는 양연중과 유원상이 계투. 종반에 공석
규가 올라 실전 감각을 조율했다. 산발 3안타에 볼 넷 하나를
내준 경기였다. 대만은 이 경기에 최선을 다하지 않았다. 껄끄
러운 한국과 예선에서 힘을 뺄 필요가 없다는 전략으로 가볍
게 몸만 풀었다.

3차전의 홍콩 역시 12 대 0 콜드게임으로 발랐다. 여기서는
김광연이 마지막 이닝에 나와 컨디션 조절을 했다. 두 경기 공
히 운비는 불펜에서 살았다. 형들의 캐치볼을 돕고 그 자신도
이미지 피칭으로 타자들을 상대했다. 그냥 관전하는 것보다
재미가 좋았다.

"이놈은 뼛속까지 투수네."

투수 코치는 그런 운비를 좋아했다.

A조에서는 한국이 3승, 대만이 2승 1패로 결승 토너먼트에
올랐다. B조에서는 예상대로 일본과 중국이 올라왔다. 일본
은 준결승에서 대만과 맞붙었다. 하지만 대만에게 패하며 분
루를 삼켰다.

한국은 김광연을 선발로 내어 중국과 맞섰다. 스코어는 7 대 2, 한국의 승이었다.

한국 VS 대만.

최종전에 남은 두 국가의 이름이다. 금빛 찬란한 금메달의 향방이 거기 있었다.

선발 공석규.

감독은 예정대로 에이스 공석규에게 중책을 맡겼다. 올해 페넌트레이스에서 14승을 찍고 있는 투수였다. 전반기 막판에 3연패를 당하며 난조를 보였지만 그래도 한국 투수진의 핵심이고 아시안게임 기간의 연습 피칭도 그리 나쁘지 않은 까닭이다.

대만 역시 한국을 벼르고 있었다. 그들도 에이스의 체력을 세이브 해둔 상황. 예선전과 달리 벼린 칼로서 맞장 승부를 겨루는 대만이었다.

준결승 후에 숙소로 돌아온 운비는 게임기를 보고 있었다. 마운드의 수호령과 더불어 운비의 수호신이 된 게임기. 보고 또 보아도 신기할 뿐이다.

소리까지 들리면 더 좋을 텐데.

시계가 자정을 넘었다. 취침 시간 전에 슬그머니 나간 공석규는 아직 귀가 전이다. 그의 일탈은 아직도 진행형이었다. 이제는 술에 더해 여자들과도 즐기는 눈치였다.

"대만 새끼들……."

그의 자부심은 넘치고 또 넘쳤다. 대표팀 투수 중에서 올해 올린 승수가 가장 많다는 자부심이 오만으로 치닫고 있었다. 자신은 메이저에서도 통한다며 대만 정도는 두 수 아래쯤으로 보았다. 그렇다고 어린 운비가 나설 일도 아니었다.

"감독이나 코치가 찾으면 잠깐 바람 쐬러 갔다고 해라."

이제는 귀에 박힌 그의 멘트이다. 공석규는 새벽 두 시가 넘어서야 돌아왔다. 술 냄새가 났다. 그는 침대에서 뻗어버렸다.

다음 날 아침, 산책을 하는 운비를 투수코치가 불렀다.

"공석규 말이야, 밤에 어디 나가나?"

곤란한 질문이 들어왔다.

"저는 일찍 자서……."

"그래?"

"……."

"알았다. 쉬어라."

코치는 군말 없이 돌아섰다.

오후 시간, 일찌감치 경기장에 도착한 운비는 황금석 부부와 윤서 등의 응원단을 만났다. 박 감독도 낡은 자가용을 끌고 올라왔다. 세형과 형도, 순기, 덕배 등도 있었다. 심지어 철욱과 용규까지도 달려와 주었다.

"으아, 이 자식!"

용규는 다짜고짜 헤드록부터 걸었다. 그러자 세형이 딴죽을 걸고 나섰다.

"형, 국대 몸에 함부로 손대도 되는 거야?"

"이 자식도 많이 컸네."

헤드록이 세형의 머리로 옮겨갔다.

"파이팅!"

한바탕 웃고 난 후 그들이 힘을 실어주었다.

"운비야, 잘해."

세형은 좋아 까무러치기 직전이다. 어젯밤에는 한숨도 못 잤단다.

"야, 나 오늘 출장 안 해."

운비가 웃었다.

"씨발, 그게 문제야? 그라운드에 니가 있다는 게 문제지!"

세형이 소리쳤다.

함께 모여 기념촬영을 했다. 운비의 태극 마크 유니폼은 그들에게도 뜨거운 자랑이었다.

"새끼, 지가 무슨 골든글러브 수상자라도 되는 줄 알아."

지나가던 공석규가 썩소 탱탱한 비웃음을 날려 왔다. 운비는 웃어넘겼다. 선수의 스타일은 다양하다. 소야고의 선수 중에도 시합 당일이 되면 예민해지는 사람이 있었다. 다만 한

가지는 알 것 같았다. 공석규는 결코 가까이할 인간이 아니라
는 것.

"운비 파이팅!"

폭풍 격려를 받은 운비는 선수단의 꽁무니를 따라 경기장
안으로 들어섰다.

"와아아!"

오후 6시 30분.

운명의 대만전이 시작되었다. 3, 4위 동메달 결정전은 일본
의 승리로 끝난 후다. 결승전은 과연 분위기부터 달랐다. 스탠
드에도 활력이 넘쳤다. 관중은 거의 만원이었다. 열혈 대만 팬
들도 무리를 지었다. 수백 명이 몰려온 그들은 청천백일기를
흔들며 자국 선수들을 응원했다.

"씨발."

몸을 푼 공석규가 입에 달린 욕설과 함께 등판할 준비를
마쳤다. 운비는 그를 보조하고 있었다.

"형, 잘하세요."

운비가 응원을 보냈다.

"야, 이 새끼야, 내가 니 친구냐?"

"예?"

"새끼가 은근히 맞먹을 분위기네? 확 그냥 씨……."

공석규가 눈알을 부라리곤 마운드로 향했다.

'좋겠다.'

인간성은 차치하고 운비는 그저 공석규가 부러웠다. 할 수 만 있다면 자신도 결승 마운드에 서고 싶었다. 단 한 타자라 도 상대하고 싶었다. 어쩌면 그게 태극기에 바치는 예의로도 보였다. 하지만 마운드의 주인공은 단 한 사람. 운비는 꿈을 접고 불펜을 정리했다. 반대편 빈 곳을 향해 캐치볼을 던졌 다. 대만 타자들을 가상으로 상대하면서.

삼진!

삼진!

공석규가 그래주길 바랐다.

공석규의 출발은 나쁘지 않았다. 1번 타자를 맞아 3구 만에 땅볼을 유도해 냈다. 유격수가 깔끔한 수비로 처리했다. 2번 타자 역시 중견수 앞 평범한 플라이로 잡혔다.

'좆도 아닌 것들이……'

공석규의 입가에 오만이 스쳐 갔다.

거기서 사달이 났다. 3번 타자는 더블 A에서 뛰는 선수. 긴 장이 풀린 공석규의 4구를 받아쳐 안타를 만들었다. 4번 타자 역시 공석규의 슬라이더를 제대로 공략했다. 연속 안타로 주 자는 1, 2루가 되었다. 이어 나온 5번 타자는 몸에 맞는 공이 나왔다. 졸지에 만루가 되었다. 공석규가 흔들리는 것이다.

운비의 눈은 꼼짝없이 그라운드에 꽂혀 있었다. 안타까웠다. 소집 기간 동안 남몰래 일탈을 해온 공석규. 어쩌면 자업자득이지만 그래도 같은 팀이다. 지금은 신성한 태극기의 이름으로 선 것이니 위기를 벗어나기를 바랐다.

기적은 없었다. 6번 타자 역시 마이너리그 소속의 선수. 공석규의 6구를 받아쳐 유격수 옆으로 빠지는 안타를 이끌어냈다. 한 점을 주고 계속되는 만루 상황. 공석규는 결국 1회를 채우지 못하고 강판되었다. 각을 세우고 있던 공석규의 어깨가 단숨에 무너져 내렸다.

"아, 씨발."

더그아웃으로 나온 공석규가 한 일은 글러브를 팽개치고 쓰레기통을 걷어찬 게 전부였다. 컨디션 관리는 뒷전이고 젯밥에만 관심이 두고 있던 자의 자승자박이다.

순항하던 한국팀 벤치에 비상이 걸렸다. 불펜이 문제였다. 고작 1회이다. 원투 펀치의 첫손에 꼽히던 에이스였기에 몸을 푼 사람이 별로 없었다. 부랴부랴 공 몇 개를 던진 채우천이 등판했다. 다행히 타자의 뜬공이 나오면서 회를 마감했다.

대만 에이스 후첸밍의 구위는 대단했다. 구속은 145에서 150을 오갔지만 무브먼트와 디셉션이 좋았다. 그의 공은 홈 플레이트 앞에서 제대로 휘었다. 어떤 때는 3시 방향이고 또 어떤 때는 5시 방향이었다.

디셉션의 백미는 스윙이었다. 팔 스윙이 짧은 숏 암이다. 빠른 투구 동작과 함께 디딤 발이 땅을 살짝 찍는 듯한 동작에 한국 타자들이 타이밍을 못 잡고 있었다.

'와아!'

운비는 넋을 놓았다. 투구 동작을 따라 해보았다. 굉장한 투수였다.

1 대 0으로 끌려가던 한국은 5회가 되어서야 경기를 뒤집었다. 두 점을 내며 2 대 1로 역전에 성공한 것. 하지만 대만은 예선과 달랐다.

6회 말.

투아웃 후에 반격에 성공했다. 화근의 단초는 양현중이었다. 세 번째 나온 타자에게 2루수 키를 넘기는 안타를 허용하더니 이어지는 타자에게 좌익수 앞 안타를 맞았다.

투아웃.

그러나 상위 타선으로 이어지기에 감독은 투수 교체를 단행했다. 하지만 대만의 기세는 매서웠다. 바뀐 투수 배종근의 변화구를 밀어 2루수를 오버하는 안타를 뽑아냈다. 다행히 우익수가 전진한 상태라 2루 주자가 홈에 들어오지는 못했다.

투아웃에 만루.

한국팀에 절체절명의 위기가 찾아왔다. 흔들린 배종근은 8구까지 가는 실랑이 끝에 좌익수 앞 안타를 맞으며 두 점을 내주었다. 스코어는 다시 3 대 2로 뒤집혔다. 대만에게 리드를 넘긴 것이다. 그러면서도 악몽은 사라지지 않았다. 배종근의 3구 역시 2번 타자의 손목을 맞추고 말았다.

"아!"

관중석에서 탄식이 나왔다.

투아웃에 다시 만루.

한국팀 더그아웃의 분위기가 싸늘하게 가라앉았다. 관중석도 그랬다. 한국팀은 무려 1진 정예 멤버. 대만팀에 마이너리그 선수들이 있다지만 어렵지 않게 제압할 것으로 예상한 경기였다. 그런데 전체적인 경기 흐름을 대만이 장악하고 있었다. 이런 분위기라면 금메달은 대만에게 가는 게 자명했다.

순식간에 투수 자원이 고갈된 감독. 게다가 다음에 나오는 타자는 변화구에 강한 더블 A 소속의 3번 타자. 여기서 한 점이라도 더 주면 대만은 바로 뒷문을 잠그는 클로저들이 몰려 나올 판이다. 그렇게 되면……

'윽!'

상상도 싫은 악몽이다.

데이터를 보았다. 고심하던 류중삼 감독이 전격적인 결정을 내렸다. 절체절명의 위기에 새파란 신인 카드를 뽑아 든 것이다.

"코리아 피처 황— 운— 비!"

"와아아!"

운비가 호명되자 구장이 환호성으로 뒤덮였다. 불펜 문이 열렸다. 그러자 최연소 국가 대표, 태국과의 1차전에서 퍼펙트한 투구를 보여준 운비가 뛰어나왔다.

팬들은 뜨거운 박수로 운비를 맞았다. 실질적인 국가 대표도 아닌 대만선수들에게 끌려가는 무기력한 프로선수들보다 참신한 운비가 좋았던 것. 게다가 운비는 마운드까지 전력질주로 뛰었다. 마운드를 차지하고서야 겨우 숨을 고르는 소년다운 모습. 그 순수함 또한 팬들의 마음을 사로잡았다.

"운비야!"

뜻밖에 운비가 등판하자 세형과 친구들은 아예 자지러졌다.

"운비야, 잘해!"

황금석 부부도 시큰한 콧날을 감추고 목청을 돋웠다. 그 아래쪽 스탠드의 좌석 2열에 낯익은 백인이 보였다. 스칼렛이다. 그는 오늘도 여전히 면티에 멜빵바지를 입은 채 햄버거를 물고 있었다.

"포심하고 커터 중심으로 던져라. 한 타자만 잡는다고 생각하고 몸에 힘 빼고."

투수 코치가 운비의 등을 두드렸다. 그동안 운비를 체크해 온 코치이다. 그는 알고 있었다. 어린 운비지만 현재 포심의 구위가 프로선수들 못지않게 강력하다는 것을. 변화구에 강한 대만 3번의 약점은 빠른 공과 커터였으니 운비가 딱 맞춤이었다.

게다가 1차전 이후의 휴식도 충분했다. 오늘 등판이 없음에도 일찌감치 불펜에서 공을 던지고 있던 것도 높은 점수를 받은 이유였다.

"바깥쪽 낮은 공에 약한 놈이다. 리드하는 대로만 꽂아라."

포수 강만우 역시 운비에게 힘을 실어주고 포수 자리로 돌아갔다.

바깥쪽이 콜드 존.

슬쩍 돌아보니 수비 시프트가 작동하고 있다. 우타자의 아웃코스 밀어 치기에 대비한 수비. 동시에 내야수들은 한 발정도 앞으로 들어왔다. 스퀴즈에도 대비하는 것이다.

"황운비! 황운비!"

스탠드에서 연호가 나왔다. 기세가 오른 대만 응원석에 비하면 잘 들리지도 않을 정도이다. 하지만 운비의 귀에는 또렷하게 들렸다.

―막아라!

―흔들리는 태극기를 지켜라!

―네 모든 것을 걸고 막아라!

금메달이나 병역면제의 떡밥 때문이 아니었다. 운비의 마음속에 휘날리는 건 오직 태극기뿐이었다. 그걸 지키고 싶었다.

매직 존은 터질 듯 새파랗게 이글거리고 있었다. 아른거리던 수호령도 지나갔다. 이제는 오직 강만우의 미트만 보였다. 미트는 고집스럽게 7번 존에 자리 잡고 있었다.

'매직 존.'

마이너리거에게 서리는 존은 어떨까 싶었지만 별다르지 않았다. 다만 색의 분포가 달랐다. 조금 더 세밀하고 조금 더 확장적이다. 아홉 존뿐만 아니라 그 주변까지 색이 아른대고 있었다. 그의 핫 존은 5, 2, 8, 6 순으로 형성되어 있었다. 5번과 2번의 붉은빛은 타오를 듯 찬란했다. 거기다 꽂으면 자칫 넘어가 버릴 수도 있었다.

"후우!"

Slow and Steady!

숨부터 돌렸다.

타자는 조바심에 불타고 있다. 밀어붙이고 싶어 미치는 것이다. 이럴 때 같이 서두르면 타자의 페이스에 말린다.

Slow and Steady!

한 번 더 숨을 쉬었다.

1루에 견제구도 하나 뿌렸다. 주자는 리드 폭이 줄어들었다. 짜릿한 눈빛으로 주자를 돌아보고,

후웅!

마침내 운비의 1구가 날아갔다. 122킬로미터를 찍은 포심.

느린 회전으로 날아간 공이 7번 존 아래로 곤두박질쳤다. 벤치를 통해 운비가 패스트볼 투수라는 걸 알았다. 그렇기에 강속구를 노리고 있던 타자, 어깨가 풀리는 게 보였다.

김샜다.

그 표정이다.

"저 자식, 나이보다 여우네."

류 감독이 웃었다. 이런 상황에 어린 투수의 등판. 결과에 따라서는 용병술을 포기했다는 말을 들을 판이었다. 하지만 기우였다. 마치 프로야구 10년 차 투수를 보는 것 같았다. 보통 이 정도 상황이면 마운드를 밟자마자 공을 던지는 게 일반적이다. 하지만 황운비는 달랐다. 상대의 심리를 꿰고 있었다.

'어쩌면 저놈 능력이 기대 이상일지도.'

류 감독의 눈매에 힘이 들어갔다.

'이쯤 되면 타자 머리가 복잡해졌겠지?'

셋 포지션을 한 운비가 2구를 뿜었다. 이번에는 풀 스윙을 한 149킬로미터짜리 포심이 날아갔다. 감도 좋았다. 공은 아슬아슬하게 7번 존에 걸쳤다.

"스뚜악!"

심판의 콜이 나왔다. 타자의 고개가 갸우뚱 기울었다. 120대

스피드와 150에 가까운 공의 교차. 그 탓에 배트조차 내밀지 못했다.

'대체……'

타자는 운비의 생각대로 머리가 복잡해지고 있었다.

'좋았어. 안쪽 높은 공으로 커터 하나 먹여라.'

강만우의 미트가 1번 존으로 옮겨갔다. 그 기대에 부응해 주었다. 오른쪽 타자 눈에서 가장 가까운 인코스에 커터를 먹였다. 급하게 방망이가 돌았지만 밑동이 부러지며 파울이 되었다.

"우!"

관중석에서 감탄이 흘러나왔다. 운비가 걸어가 부러진 방망이를 볼보이 쪽으로 던졌다.

기선 제압.

그 절대 명제를 이룬 운비였다. 관중석도 그랬다. 대만의 응원석이 태풍이 휩쓸고 간 듯 고요해졌다. 고작 고등학생. 그러나 보란 듯이 방망이를 부러뜨린 커터의 위력. 이 순간 운비는 '고작' 고등학생이 아니었다. 모두가 숨을 죽일 수밖에 없는 상황이다.

"후우!"

호흡을 고른 타자가 다시 타석으로 들어왔다.

그래봤자 피도 안 마른 애송이.

운비는 그의 눈빛을 보았다. 타조의 신성 시력은 괜히 있는 가? 눈빛을 보며 심리를 파악했다. 타자가 다시 서두르고 있는 것이다.

그래, 당신이 마이너리거란 말이지?

나 정도는 껌으로 안단 말이지?

하지만 여긴 대한민국이야.

당신이 마이너리거건 메이저리거건 관심 없다고.

공은 내 마음대로 날아갈 테니까.

'……!'

운비의 사인을 받은 강만우의 눈알이 휘둥그레졌다. 고등학생이 낼 사인이 아니었다. 하지만 괜찮았다. 마이너리거의 위엄을 뽐내고 싶은 타자에게 꼭 알맞은 공 배합이었다.

'짜식, 배짱 좋네.'

피식 웃은 강만우가 미트를 갖다 댔다.

'던져라.'

퀵 모션을 취한 운비의 공이 날아갔다. 조금 전과 비슷한 코스. 눈에 익은 까닭에 타자의 배트도 함께 돌고 말았다.

찌걱!

홈에서 나온 건 거친 불협화음이었다. 다시 한번 커터였다. 하지만 RPM이 다른 공. 어린 운비가 같은 공을 던지리라고 상상치 못한 타자의 허점을 파고든 위닝샷이었다. 황급히 배트를 뒤틀었지만 정타를 이루지 못했다. 3번 존으로 날아든 공은 배트를 동강 내버렸다. 공은 허공에 떠올라 얌전히 포수의 미트로 들어갔다.

"아웃!"

심판의 콜이 나왔다. 운비의 승리였다. 도박을 감행한 코칭스태프의 승리였다. 운비는 마운드에서 장렬한 어퍼컷을 작렬했다. 만루의 위기를 넘은 스스로에게 보내는 긍지였다.

―단 한 타자.

―그를 저격한 열일곱 소년 킬러.

"황운비! 황운비!"

관중들은 기립 박수로 운비를 연호했다. 한국에서는 좀처럼 보기 힘든 광경이다. 운비는 모자를 벗고 관중들의 성원에 답했다. 붉게 상기된 운비의 두 뺨. 그 순박한 모습이 관중들의 마음을 사로잡았다. 마운드에서는 지옥의 사자, 마운드를 내려오면 순박한 소년. 야구팬들의 가슴을 흔들 수밖에 없는 그림이다.

약속의 8회.

언젠가부터 한국 야구 대표팀에게는 그런 전설이 있었다. 밀리던 게임도 8회가 되면 뒤집는 저력. 이번에는 운비의 호투가 그 저력의 발판이 되었다. 시작은 나정배였다. 5회 이후 다시 안정된 후첸밍을 상대로 출루를 빼앗은 것이다. 이어지는 타석에서 박병우도 살아 나갔다. 거기서 황재근의 한 방이 나왔다. 2타점 적시타가 작렬했다.

"와아아!"

관중들은 파도타기로 기세를 몰아주었다. 한국은 여세를 몰아 두 점을 더 따냈다. 4점을 추가하며 스코어는 6 대 3. 한숨 돌리는 점수가 되었다.

이때부터 벌 떼 불펜이 가동되었다. 한지만이 나오고 김창융과 봉숭근이 나와 뒷문을 걸어 잠갔다. 대만의 마지막 아웃 카운터를 잡게 되자 선수들이 그라운드로 쏟아져 나갔다. 운비도 그 틈에 있었다.

"짜식, 수고했다."

주장을 맡은 박병우가 뜨거운 포옹을 건네 왔다.

"미안하다. 그리고 고맙다."

머쓱한 공석규도 사과를 전해왔다.

"뭘요."

운비는 흔쾌하게 사과를 받아들였다.

두 손을 들고 관중들 환호에 화답했다. 그들 사이에 황금석 부부와 윤서가 보였다. 윤서가 스탠드 밑으로 내려와 작은 태극기를 건네주었다. 운비는 그걸 망토처럼 걸쳤다.

"황운비! 황운비!"

관중들이 운비를 연호하기 시작했다. 결승전, 절체절명의 위기에서 보여준 단 한 방. 그건 다른 선수들의 분투보다 뜨거운 투혼으로 관중들의 가슴에 깊이 새겨졌다.

시상대에 올랐다. 금메달을 목에 걸었다.

동해물과 백두산이 마르고 닳도록……

애국가가 나오자 운비도 따라 불렀다. 괜히 눈물이 나왔다. 이래서 아마추어인 것 같았다. 형들은 다 좋아서 죽으려고 하는데.

'씨이……'

운비답게 웃음으로 눈물을 밀어냈다.

수고했다, 내 팔아.

오른손으로 왼팔을 쓰다듬었다. 비로소 시선이 맑아졌다.

"운비야!"

스탠드에서 누나가 손을 흔들었다. 울고 있었다. 옆의 아버지 황금석과 어머니 방규리도 울었다. 그리고 스탠드의 끝, 거기 스칼렛이 보였다. 그는 여전히 운비를 체크하고 있었다. 햄버거와 콜라를 옆에 낀 채. 스칼렛은 가만히 손을 흔들어 보이고 자리를 떠났다. 환호하는 자리를 방해하지 않았다. 기자회견 이후에야 등장해 치근거린 다른 스카우터들과는 처세의 클래스가 다른 사람이었다.

〈유일한 아마추어, 그러나 가장 빛난 아마추어!〉

한국 야구 대표팀이 대만 대표팀을 꺾고 아시안게임 야구 2연패를 달성했다. 별 중의 별로 구성된 한국 대표팀은 처음부터 금메달 후보였다. 하지만 결승전은 녹록지 않았다. 예선에서 10 대 0으로 제압한 대만은 완전히 다른 팀이었다.

한국팀은 4회까지 후첸밍의 구위에 철저히 눌렸다. 당연시되던 금메달이 멀어지는 순간이었다. 하지만 대만에 후첸밍이 있다면 한국에는 황운비가 있었다. 6회 말 투아웃에 만루. 그 절체절명의 순간, 류 감독의 선택은 프로선수가 아닌 유일한 아마추어 황운비였다. 그건 한 편의 도박이었다. 큰 경기 경험이 없는 열일곱 소년에게 금메달의 운명을 맡긴 것이다.

한 방이면 완전히 멀어졌을 금메달. 하지만 류 감독의 용병술은 틀리지 않았다. 바꿔 말하면 소년 국가 대표 황운비는 이미 준비되어 있던 것.

만루의 상황을 종결하는 데는 커터 두 방이면 충분했다. 기세를 떨치던 대만의 강타자 린시우는 그걸 몰랐다. 놀랍게도 황운비는 힘으로 맞섰다. 대표팀의 운명을 거머쥐고 날아간 커터는 희망과 절망으로 나뉘었다. 한국팀에는 전자로 작용했고 대만팀에는 후자로 작용했다. 황운비의 명품 커터가 빛을 발하는 순간이었다.

아웃 카운트를 잡는 순간, 소년 황운비는 힘찬 어퍼컷으로 하늘을 찔렀다. 하지만 표정은 그대로였다. 돌부처로 대변되는 오승환 못지않은 철가면의 표정이었다.

이번 대회가 시작되기 전 황운비의 대표 선발을 두고 논란이 있었다. 시기상조라는 게 그것이다. 황운비는 그 말을 실력으로 불식시켰다. 나이가 곧 실력은 아니라는 선입견을 깬 것이다. 게다가 그는 아시아청소년선수권대회를 마치고 귀국한 지 불과 2주 되었다.

그럼에도 첫 게임에서 퍼펙트한 투구를 선보였고 결승에서는 가장 중요한 포인트에서 한국팀에 힘을 실어주었다. 우려하던 자기 관리 역시 철저하다는 반증이다. 한마디로 가치를 입증한 것이다. 자만심과 함께 병역면제라는 달콤한 꿀이나 빨 생각에 젖어 컨디션 관리조차 실패한 일부 대표선수들과 극명하게 대조되는 모습이었다.

결승전을 본 메이저 스카우터들은 그의 진가를 한 번 더 확인했다. 기자가 만난 메이저리그 최고의 에이전트 대리인들은 한결같이 입을 모았다.

"괴물 빅 유닛이 나타났다."

그런데 그들은 사실 전부터 황운비의 가치를 알고 있었다. 지난해 협회장배부터 관심을 가진 혜안의 스카우터도 있었다. 우리만 몰랐다. 그런 선수를 두고 반짝형이니 시기상조니 경험이 없어 안 되니 하며 입방아나 찧던 협회 관계자들이 어떤 감정을 느꼈을지 궁금하다.

소년 황운비의 명품 커터는 오늘도 쉼 없이 진화 중이다. 아시아청소년야구대회에서 입증했고, 아시안게임에서 한 번 더 증명했다. 퇴보하는 건 오직 한국 야구관계자들의 근시안적인 안목뿐이다.

〈스포츠 오늘 차혁래 야구담당기자 chahr@soneul. com〉

차혁래 기자가 또 한 건을 올렸다. 한국 야구계에 던지는 신랄한 경종이었다. 기사가 나오는 시간에 운비는 팬클럽이 열어준 축하장에 있었다. 윤서와 장미애 등이 합동으로 주선한 자리였다. 이 자리에 나온 팬이 200여 명에 가까웠다.

물론 차혁래 기자도 있고 다른 야구 전문 기자들도 자리를 빛내주었다.

"우리의 자랑스러운 빅 유닛 황운비 선수입니다!"

사회자를 자청한 장미애가 소리치자 운비가 등장했다. 팬들은 꽃술을 뿌리며 축하해 주었다. 선물이 날아왔다. 꽃이 날아왔다. 뒷좌석에서 바라보는 황금석과 방규리는 그저 행복할 뿐이다.

—나 야구할래요.

그 청천벽력 같던 선언. 그 후로 늘 가시밭길을 걸어온 부모의 마음. 그게 말끔히 씻겨 나가는 자리였다.

"다음으로 황운비 선수가 가장 좋아하는 콜라 건배식이 있겠습니다."

장미애가 붉은 콜라 잔을 들어 올렸다. 운비도 큰 잔을 들었다. 그 잔은 한 팬이 만들어온 수제 잔이었다. 팬들이 한 방울씩 모아준 응원의 잔이었다.

"우리 황운비 선수, 메이저리그에 진출하는 그날까지!"

"위하여!"

제창과 함께 콜라 잔이 허공으로 솟았다. 운비는 기꺼이 콜라 잔을 비웠다. 톡 쏘는 맛이 환상적이다. 박 감독과 전 코치가 박수를 쳐주었다. 세형과 친구들도 뜨거운 박수를 그치지 않았다. 운비는 팬 한사람 한사람에게 금메달을 걸어주고 기념 촬영을 했다. 공에 사인도 해주었다. 팬들은 그런 운비의 모습에 환호했다. 때 묻지 않은 순수함. 오직 야구밖에 모르는 소년. 그들은 한결같이 바랐다. 운비의 소망대로 메이저리그로 날아가 한국 야구의 위상을 떨쳐주길. 그리하여 밤잠 못자고 기다리며 일 구 일 구에 마음을 함께하길.

"우리 귀요미 빅 유닛 황운비!"

장미애가 선창하자 팬들이 뒤를 이었다.

"귀요미 빅 유닛!"

합창은 아름다운 공명으로 퍼졌다.

"파이팅!"

운비를 가운데 두고 둘러선 팬들. 그들과의 흐뭇한 단체 촬영.

찰칵!

빛나는 셔터 음과 함께 영광의 한 해가 기울고 있었다.

8. 브레이브스에 사인하다

2016년 새해.

96마일.

마침내 최고 구속 155km/h를 찍었다.

길고 긴 두 번째 전지훈련을 마치고 돌아온 후였다. 스태미나 식으로 먹은 밀웜 가루가 유난히 고소한 날이었다. 그 단백질 덕분이었을까? 테니스공을 누르던 악력이 이상하게 가뜬했다. 엄지, 검지, 중지에 힘이 올라 테니스공을 뚫을 것만 같았다.

뻥!

세형의 미트 안으로 빨려들어 간 공이 기록을 세웠다. 물론 존을 무시하고 단순히 스피드만 측정한 경우였다. 힘으로 밀어붙인 공. 박 감독의 손에 들린 스피드건에 새 기록이 들어왔다.

155km/h.

"와우!"

다들 소스라치고 말았다. 운비가 찍은 비공식 스피드의 최고봉이다. 메이저리그는 몰라도 한국에서는 150이면 자타 공인 강속구.

겨울 전지훈련을 누구보다 성실하고 체계적으로 소화해 낸 운비. 불뚝 강해진 근육 밸런스의 효과를 느끼는 순간이었다.

"굿!"

밀착 취재를 나온 차혁래 기자도 엄지를 불끈 세워 보였다.

"다음은 RPM 3,000인가?"

차 기자가 물었다.

"그러면 좋겠네요."

운비의 화답은 미소와 함께 나왔다.

이제는 운비의 모든 것을 알고 있는 차혁래였다. 그는 물심양면으로 도움을 주었고 심정적으로도 늘 운비 편이었다.

"160에 RPM 3,000, 거기에 제구만 되면 퍼펙트네."

"될까요?"

"쉽지 않겠지. 하지만 너라면 해낼 수 있을 거야. 내 손에 장 지지게 한 최초의 인간이니까."

"하핫, 그건 기자님이 자초하신……."

"솔직히 몰랐다. 야구라는 게 아무나 하는 거 아니거든. 전 향했다가 물 먹은 사람이 한둘이 아니야."

"성공한 사람도 많다고 했잖아요?"

"몇 명 있지. 너를 포함해서."

"아무튼 고맙습니다."

"진로는 정했어? 요즘 나도 그것 때문에 눈코 뜰 새가 없어. 운비하고 친한 거 알아가지고 어디로 갈 것 같으냐고 질문 받는 통에 말이야."

"어디가 좋을까요?"

"하핫, 그것만은… 그건 네가 정해야 할 사안이거든."

차혁래가 손사래를 쳤다.

"만약 기자님이 저라면요?"

"나야 뭐 세속적인 인간이니까 계약금 왕창 주는 데로?"

"거짓말."

"그래, 마음은 그렇지만 진짜 속마음은 미래를 택하겠지."

"브레이브스로군요?"

"야, 그렇게 딱 찍어서 말하면 내가 오해를 받아요. 나 스칼렛에게 커피 한 잔 얻어먹은 거 없다."

"누가 뭐래요?"

"너희 감독님도 그러던데 내가 할 말은 하나뿐이야. 현재보다 미래의 황운비에게 유리한 조건을 고를 것."

"어려워요. 미래를 알 수가 있어야 말이죠."

"그럼 너 꼴리는 대로 하든가. 하여간 이제 서서히 선택해. 안 그러면 너 스카우트에 휘말려서 올해 야구 전념하기 어렵다."

차혁래는 애정 어린 말을 남기고 돌아갔다.

미래.

야구공을 만지며 그 단어를 곱씹어보았다. 황운비의 미래는 어떤 모습일까? 양키스나 컵스, 메츠, 다저스 같은 팀에서 몇 천만 불짜리 특급 투수가 되어 있을까, 아니면 메이저리그에 적응하지 못하고 국내로 돌아와 그저 그런 투수가 되어 있을까?

이제 그 미래의 첫수를 놓을 때가 되었다. 운비도 잘 알고 있었다.

겨울방학의 끝 무렵, 운비는 브레이브스행 비행기에 올랐다. 무려 1등석이다. 그건 운비의 신장을 고려한 스칼렛의 배려였다. 동행한 사람은 영어가 되는 윤서와 아버지 황금석, 그리고 박 감독이었다. 경비는 일체 브레이브스 측에서 제공하기로 했다.

아시안게임 이후 운비는 몹시 시달렸다. 스카우터와 에이전트들의 공세는 전쟁을 방불케 했다. 처음과 달랐다. 이제는 사생결단에 가까웠다. 연습장에도 붙어살았고 심지어는 화장실까지 쫓아오기도 했다.

하지만 운비의 마음을 스칼렛에게 기울고 있었다.

엊그제, 순기가 미국 물을 먹고 돌아왔다. 말린스 파크에서 벌어진 '파워 쇼케이스 월드 클래식' 홈런 더비 부분에 참가한 것이다. 스칼렛의 주선이었다.

운비를 데려가기 위한 포석이었지만 사인만 요구하는 다른 스카우터와 달랐다. 그의 진심을 엿볼 수 있는 또 하나의 메뉴였다.

차세대 거포들의 경연장인 그곳에서 순기는 3위를 마크했다. 촌뜨기치고는 선전한 것. 덕분에 메이저리그 스카우터들의 눈길을 받은 순기였다.

운비가 이끄는 소야고는 늦가을 전국체전에서 2연패를 달성했다. 경기도에서 벌어진 결승에는 3학년을 제외한 전교생 응원단이 동원(?)되었다.

예선 2차전 상언고 전에 출전한 운비가 결승 마운드를 책임졌다. 상대 팀 부삼고의 장원준은 나오지 않았다. 그는 이미 놋데팀에 연고지 지명이 되었고, 부삼고의 감독은 체전 금메달에 큰 의미를 두지 않았다.

스카우터들도 그랬다. 하지만 한 사람만은 달랐다. 스칼렛은 소야고의 모든 게임을 참관했다. 어떤 때는 선수들보다 먼저 나와 햄버거를 물어뜯었다. 가을비 내리는 스산한 스탠드에서도 그는 결코 자리를 비우지 않았다.

그러다 보니 콜라까지 나눠 마시는 사이가 되었다. 전 코치는 눈치를 주었지만 운비는 스칼렛이 편했다. 한 번은 게임기도 꺼내 보였다. 운비가 가진 것과 똑같은 Epoch Electronic Baseball 게임기. 둘 다 작동하지 않는 것도 묘한 공감을 이루고 있었다.

전국체전 결승에서 운비는 대기록을 달성했다. 노히트노런이었다. 아시아청소년대회와 아시안게임의 금메달. 국제 경기의 관록은 운비의 경기 운영에 고스란히 녹아 있었다. 타자들을 깔보지는 않았지만 어쩌다 핀치에 몰려도 두렵지 않았다. 실밥이 긁히지 않아 쓰리 볼을 먹어도 뚝심으로 볼카운트를 극복해 냈다.

"황운비! 황운비!"

9회 말.

4 대 0의 스코어에서 운비가 마지막 이닝 종결을 위해 마운

드에 올랐을 때, 소야고 응원단은 펄펄 끓고 있었다. 그들은 짐작이나 했을까? 만년 꼴찌 소야고 야구팀이 이런 위엄을 뿜게 될 줄을. 전통의 명가 부삼고를 노히트노런의 수치로 몰아갈지.

위기는 있었다. 원아웃 이후에 볼넷 하나가 나왔다. 애매한 상황이었다. 종으로 휜 커터에 타자의 방망이가 맞았다. 타자가 손가락에 맞았다고 주장했다. 운비는 고개를 저었지만 심판이 받아들이고 말았다. 한숨이 나왔다. 운비는 알고 있었다. 타조의 신성 시력. 그것으로 보았다. 공이 맞은 것은 손가락 옆의 방망이였다.

2번 타자가 초구 기습번트를 댔다. 유격수 평범한 땅볼이었지만 글러브 앞에서 튀었다. 그라운드 상태가 그리 좋지 않은 것. 당황한 유격수의 송구가 나빴다. 1루에서 공이 빠지며 1루 주자가 3루까지 들어가 버렸다. 에러였다.

원아웃 1, 3루.

"괜찮아, 괜찮아!"

운비가 소리쳤지만 박 감독이 나왔다. 대기록을 앞둔 배려였다. 운비는 담담하게 웃었다.

철가면―아이언 마스크.

어느새 또 하나의 닉네임을 갖게 된 운비였다. 위기인 건 분명하지만 흔들리지 않았다. 노히트노런을 크게 의식하지도 않왔다.

3번 타자가 나왔다. 방망이는 극단적으로 짧았다. 어떻게든 노히트의 수모만은 면하려는 부삼고 감독의 절박함이 엿보였다. 운비의 결정구는 투심이었다. 포심 두 방으로 타이밍을 제압한 운비. 회심의 위닝샷으로 투심을 날렸다. 공이 종으로 떨어지다 옆으로 휘었으니 투심의 절정판이었다.

빠악!

배트가 돌았다. 공은 2루수 앞으로 굴렀다. 2루수가 잡아 2루에 들어온 유격수에게 뿌려 원아웃, 그 공이 다시 1루로 날아가 더블플레이를 이루며 게임 종료가 되었다.

황운비에게는 길고 긴 일 년을 마감하는 공식 게임이었다. 황금사자기와 청룡기, 아시아청소년야구대회, 그리고 아시안게임, 마지막으로 전국체전. 지난 한 해 운비가 참가한 대회들이다.

행복했다.

다섯 대회 모두에서 정상에 오른 것이다. 한쪽 무릎을 꿇고 마운드의 흙을 한 줌 쥐었다. 일본 선수들이 그런다고 했다. 고시엔의 그라운드를 밟으면 흙을 한 줌씩 가져간다고.

운비가 브레이브스의 시스템을 봐야겠다고 마음먹은 건 그때였다. 몸집에 비해 작은 우산을 걸쳐 메고 스탠드에 앉아 있는 스칼렛을 본 순간이다.

문득 마운드에서 스탠드를 보는 순간, 여지없이 스칼렛이 보였다. 그의 손에 콜라 잔이 들려 있었다. 붉은색이 마치 무지개처럼 선명했다.

'저분은 진심이다.'

운비는 바람의 속삭임을 들었다.

'다른 스카우터들은 내 현재를 보지만 저분은 내 미래를 보고 있다.'

바람과 얼굴이 닿았다.

'나는 오래 야구를 하고 싶어.'

바람과 함께 속삭였다.

'잠깐 반짝하고 사라지는 루키는 되고 싶지 않아.'

헹가래가 끝난 후 운비는 황금석에게 속내를 말했다. 박 감독에게도 결심을 전달했다.

"브레이브스에 가보고 싶습니다."

뒷말은 필요하지 않았다. 황금석도 박 감독도 흔쾌히 수락해 주었다. 그들은 언제나 운비 편이었다.

비행기 안에서 운비는 영어 문장을 들었다. 그러다가 게임기를 꺼내 들었다.

지상에서 가장 높은 곳, 하늘.

될까?

스위치를 넣었다. 삐빗 소리는 나지 않았다. 가만히 껴안았다. 어쩌면 운비의 오늘을 있게 한 게임기이다. 비행기는 오래 날아 미국 애틀랜타에 닿았다.

여기저기서 버터 녹는 발음 소리가 들렸다.

rrrrrrr.

미국 땅이 맞았다.

"기념으로 한잔?"

입국 수속이 끝나자 스칼렛이 콜라 한 잔을 내밀었다.

"아는지 모르지만 사실 이곳은 코카콜라의 고장이라네."

"……?"

그 말에 운비의 시선이 발딱 일어났다. 콜라, 운비의 상징적인 음료수. 브레이브스가 속한 주가 코카콜라의 고장이라는 게 대수는 아니지만 우연은 아닌 것 같았다.

한참을 달려 체육관에 도착했다.

"여기라네. 브레이브스가 미래를 꿈꾸는 곳."

차에서 내린 스칼렛이 건물을 가리켰다. 스칼렛의 소탈한 이미지와 어울리는 건물이었다.

"그 꿈을 위해 브레이브스는 곧 굉장한 지각변동을 시작할 걸세. 홈구장도 옮기고… 선수들도 대폭……."

스칼렛은 뒷말을 아꼈다. 하지만 그건 사실이었다. 이때부터 정확히 1년쯤 뒤, 그러니까 2016년 시즌이 시작되기 전 브레이브스는 충격적인 트레이드를 단행한다. 그들의 수호신이라 불리는 선수까지 내놓는 트레이드였다. 브레이브스는 완전하게 리빌딩을 겨누고 있었다.

"여깁니다."

긴 복도를 지나자 아담한 연습장이 나왔다. 초록 잔디가 싱싱한 투수 전용 연습장이다.

"······!"

처음부터 운비의 입이, 박 감독과 황금석의 입이 쩍 벌어졌다. 마운드는 두 가지 조건으로 마련되어 있었다. 타자 친화 구장형과 투수 친화 구장형, 거기에 더해 트레이닝실과 분석실, 휴식실, 수면실, 스포츠 마사지실, 나아가 30m 레인의 수영장까지 갖춰져 있었다.

"자네만을 위한 시설이라네. 적어도 자네가 완성될 때까지는."

스칼렛이 웃었다. 그 미소는 정말이지 동양에서 날아온 손님들의 마음을 다 흡수하고도 남을 것 같았다. 복도를 걸어간 스칼렛이 문 하나를 열었다.

"스칼렛!"

구석의 의자에서 영상을 연구하던 남자가 손을 들었다. 그 영상은 운비의 투구 모습이었다. 그리고 천천히 엉덩이를 든 사람, 그가 바로 샤무엘 보젤이었다.

"이어, 황!"

운비를 본 그가 소리쳤다. 그리고 처음이 아니라는 듯 운비를 껴안았다.

"한 백만 번은 봤을 겁니다. 뷰리플 레이리."

윤서의 질문에 그가 화답했다. 그 또한 큰 거짓말은 아니었다.

"스칼렛이 황의 동영상을 가져왔을 때 그날 밤 잠들지 못했습니다. 감이 꽉 오더군요. 금세기 최고 투수의 하나라는 리베라까지 봤지만 이런 느낌은 처음이었습니다. 사정없이 꽂혔다고나 할까요?"

그는 운비의 어깨를 놓지 않은 채 말을 이었다.

"잘 오셨습니다. 아니, 올 줄 알았습니다."

그의 제스처도 스칼렛을 닮아 있었다. 그리고 그는 운비가 올 줄 알았다고 말한 이유를 설명해 주었다.

"스칼렛이니까요. 그는 일단 찜하면 실패하지 않습니다."

"우린 아직 계약한 게 아닙니다만……."

황금석이 말했다.

"압니다. 스칼렛이 나섰으니 보라스도 나섰을 겁니다. 그들은 돈을 투자하겠죠. 하지만 스칼렛은 공(功)을 투자합니다."

"……"

황금석의 눈이 휘둥그레졌다. 거기에는 이견이 있을 수 없었다. 그리고 거기서 또 하나의 충격이 날아왔다.

"게다가 스칼렛은 황에게 모든 것을 걸었기 때문이죠. 그는 이미 스카우트에 자신의 커미션까지 밀어 넣었습니다."

"무보수란 말입니까?"

"단순한 무보수가 아닙니다. 자신이 받아야 하는 커미션을 보태 200만 불 오더를 만들었다는 거죠. 사실 우리 구단주가 배팅한 돈은 150만 불이거든요. 거기에 자신의 커미션을 올린 후 200만 불을 채워달라고 배팅을 한 거죠."

"……!"

"계약은 당신들 마음이지만 그것만은 알아주십시오. 설령 내가 거짓말을 한다고 해도 언젠가는 밝혀질 일이니 절대 거짓말이 아닙니다."

"……."

잠시 숨이 막혀왔다. 운비의 시선은 스칼렛에게 꽂혀 떨어지지 않았다. 스칼렛이 어깨를 으쓱하며 소회를 밝혔다.

"내 평생 아시아 선수들 덕분에 행복하고 호의호식하며 살았잖나. 브레이브스하고도 각별했고. 그러니 유종의 미를 거둬야지."

그는 대단한 일도 아니라는 표정이다. 호의호식, 그하고는 어울리지 않는 단어였다. 하지만 그는 햄버거와 싸구려 모텔에서의 숙박도 즐겁게 받아들이는 사람이었다. 왜냐고? 그에게는 숨은 원석을 찾아 다듬는 즐거움이 있기 때문이었다.

"그럼 이제부터 황이 왜 브레이브스로 와야 하는지를 보여 드리겠습니다."

보젤이 나섰다.

"좀 천천히. 그 친구도 도착했지?"

스칼렛이 폭주하는 보젤을 막았다. 그는 여전히 여유롭기만 했다.

"그럼요. 들리지 않습니까?"

보젤이 귀를 쫑긋 세웠다. 건너편에서 타구 소리가 들려왔다.

딱!

따악!

소리가 좋았다. 힘이 있고 청결했다. 소리만 들어도 좋은 타자라는 걸 운비는 알 수 있었다.

"스칼렛!"

뒷문이 열리며 또 한 사람이 들어섰다. 흑인이다. 그 또한 메이저리그에서 전설에 속하는 명 타격 코치 캐빈이었다.

"와우, 원더풀 데이."

운비를 보자 캐빈도 환호했다. 가식이나 쇼가 아니라 진심으로 보였다. 그 뒤로 한 사람이 더 들어섰다. 까무잡잡하고

탄탄한 흑인이다. 낯이 익었다. 타자 레포트의 사진에서 본 그 흑인이다.

'리베라.'

운비는 알았다. 그가 바로 쿠바에서 건너온 타자라는 걸. 나무 배트를 거머쥔 그의 눈은 정말이지 쏟아질 듯 반짝거렸다.

"헤이, 리베라. 여긴 코리아에서 온 피처 황."

캐빈이 리베라에게 말했다. 리베라가 성큼 다가왔다. 운비보다 한 살 많으나 소년 티 따위는 나지 않는 청년풍의 단단한 체구였다.

"나 리베라."

리베라의 첫인사는 그의 타격 폼만큼이나 간결하고 적극적이었다. 이름도 마음에 들었다. 리베라라니?

"황운비입니다."

운비가 손을 내밀었다. 한 살 차이의 낯선 두 사람의 만남. 흑인과 동양인의 만남. 둘에게는 실로 역사적인 만남이었다.

마지막으로 등장한 사람은 브레이브스의 유망주 관리를 책임지고 있는 애런 맥다니얼이었다. 유망주를 보는 데 일가견이 있는 사람. 그가 직접 운비와 리베라를 챙겼다.

시설을 돌아보았다. 시스템도 확인했다. 과학적 분석도 받았다. 신뢰의 뿌리가 훌쩍 자랐다. 이미 스칼렛 때문에 움직이던 마음에 불이 번쩍 들어온 것이다.

＊　　　＊　　　＊

"감독님!"

그날 저녁 운비는 박 감독과 단둘이 공원을 걸었다. 미국의 공원도 별다르지 않았다. 푸른 숲에 작은 연못, 그리고 벤치.

"콜라 먹고 싶냐?"

"사주실래요?"

"짜식, 니가 원하면 불로수라도 구해오마."

"그럼 사주세요."

붉은 콜라 잔을 함께 들고 벤치에 앉았다.

"감독님."

"말 안 해도 안다."

뜸 들이는 운비를 박 감독이 앞질러 갔다.

"진짜요?"

"여기 시스템에 꽂혔지?"

박 감독이 돌직구를 날려 왔다. 괜히 감독이 아니었다. 그는 운비의 마음을 꿰뚫고 있었다.

"예."

"그럼 사인해라. 너 말릴 사람 아무도 없어."

"감독님 생각은……"

"나는 그냥 네 편이다. 솔직히 말하면 나도 스칼렛 편이다. 한국이라면 몰라도 메이저리그에서 100, 200만 불 더 받고 시작하는 게 뭐 그리 중요하냐? 5년 후, 10년 후의 네가 문제지."

"그렇죠?"

"어른들이라는 건 복잡해. 다들 자기만의 이해관계가 있거든. 학교 측 입장은 무시해라. 뭐라고 하면 내가 모가지 걸고 설득할 테니."

"그러다 잘리면요."

"짜식, 나 이제 오라는 데 많아."

"감독님……"

운비의 목소리가 슬쩍 젖어들었다.

"황운비답지 않게 왜 이래?"

"고맙습니다."

"아버지하고도 얘기 된 거지?"

"마음은 비췄어요. 저는 스칼렛의 진심이 느껴지거든요. 마치 감독님이 저를 받아주신 것처럼… 운명처럼……"

"운명이라……"

"게다가 소야고도 꼴찌, 브레이브스도 꼴찌. 그러니 욕심에 불과하겠지만 브레이브스도 소야고처럼……."

월드시리즈 챔피언 반지를 낄 수 있다면.

그 말은 목으로 넘겼다. 아직은 주제넘은 이야기였다.

"그런 각오면 됐다. 계약 마무리하고 홀가분하게 야구에 전념하자."

박 감독은 운비에게 힘을 실어주었다.

"고맙습니다. 그런데 감독님께 뭐라도 보답하고 싶어요."

"니가?"

"예."

"뭘 어떻게?"

"아버지 말씀은 차라도 한 대 뽑아드리자고……."

"미쳤구나?"

"예?"

"내가 브로커냐? 난 네 스승이야, 인마."

"하지만……."

"짜식, 나에겐 니 존재 자체가 보답이다. 아무것도 필요 없으니까 그런 거 비슷한 생각도 하지 말거라."

"감독님……."

"생각 나냐? 배구 때려치우고 야구한다고 찾아온 날."

감독의 눈이 허공을 향했다. 그 눈 안에 어설픈 운비가 있었다.

"예."

"그때 내 마음이 어땠는지 아냐?"

"저보고 눈이 번쩍 띄었나요?"

"천만에. 배트로 빠따를 한 100대쯤 패주고 싶었지."

"……"

"그렇잖아도 어수선한 팀 분위기인데 난데없이 웬 배구야? 게다가 그쪽 유망주라니… 사람 놀리는 것도 아니고."

"그때 받아주시지 않았으면 전 야구 못 했을지도 몰라요."

"그때 찾아오지 않았더라면 나도 야구 그만뒀을 거다. 성적 때문에도 물러나야 했고."

"감독님……"

"그러니 허튼생각 말고 야구에만 전념해라. 내 야구 인생, 아니, 내 인생에 있어 너만 한 선물은 없으니."

"감독님."

"아니지. 사실 너한테 받고 싶은 게 하나 있기는 하다."

"뭔데요?"

운비가 반색을 하며 물었다.

"메이저리그 신인상, 아니면 사이영상."

"……?"

"둘 중 하나라도 먹어라. 그게 내 소원이다."

박 감독의 눈이 운비에게 정통으로 꽂혔다. 아주 단단한 눈빛이다.

"역시 감독님하고는 통하네요. 저도 그게 목표거든요."

"그래, 메이저리그로 진출하는 한국 투수들, 선발에 들거나 팀에서 자리를 잡는 게 목표인데 그건 옛날 얘기이고… 박찬호, 김병현, 류현진, 오승환… 그 세대 이후의 너희들이라면 이제 그저 적응하고 살아남는 걸 목표로 삼는 건 약하다. 리그 안에서 최고가 되어야지."

"예."

"나는 그래서 스칼렛이 더 마음에 든다."

"무슨 얘기 나눴어요?"

"학교에 처음 왔을 때 그가 그랬거든. 너를 보내주면 10승 투수나 선발 정도가 아니라 최고로 만들고 싶다고."

"……."

"사실 나도 그때부터 스칼렛에게 꽂혔다. 내 아들이 아니라서 내 마음대로 할 수 없었다만."

"감독님……."

"야구의 길은 멀고도 멀다. 투수가 진화하면 타자도 진화하거든. 여기서 단단히 준비해서 늘 앞서가거라. 너라면 가능할 거야."

"고맙습니다."

운비는 자리에서 일어나 꾸벅 인사를 했다. 오늘의 운비가 있기까지 최고의 일등공신. 게다가 이렇게 마음과 마음이 통하는 사이. 운비의 혹사 방지에 최선을 다해준 사람. 백 번을 절해도 모자랄 스승이었다.

브레이브스 의료진에게 메디컬 테스트를 받았다. 별문제는 나오지 않았다.

"휴우."

박 감독의 입에서 안도의 숨이 나왔다. 나름 혹사 방지를 위해 최선을 다한 박 감독. 그럼에도 불구하고 마음 한구석에 불안감이 남아 있었다. 프로 야구처럼 4일 휴식이니 5일 휴식이니 하는 등판 간격을 다 지킨 게 아니기 때문이다. 그는 비로소 마음 한구석에 서 있던 불안을 내려놓게 되었다.

다음 날 운비는 스칼렛이 내민 계약서에 도장을 찍었다. 앤서니 하트 단장까지 배석한 자리였다. 브레이브스를 완전하게 물갈이하려는 하트 단장. 그리하여 팬그래프의 마이너 유망주를 담당하던 애런 맥다니얼까지 영입한 사람. 단장은 운비를 보자마자 혈육처럼 반겨주었다.

"또 한 사람의 아놀드 프리먼과 브래든 테헤란을 보는 것 같군."

프리먼과 테헤란은 브레이브스의 미래로 키우고 있는 투타의 핵심이다. 거기에 불펜의 혜성 매트 카브레라까지 더하면 하트의 안목은 나무랄 데가 없었다. 은근한 그의 미소 역시 스칼렛을 닮아 있었다.

'브레이브스……'

마음이 움직였다. 사실 한 번도 생각해 보지 않은 브레이브스였다. 하지만 운명이 운비를 당겼다. 콜라 맛처럼 톡, 톡, 톡!

계약금은 200만 불, 몇 가지 옵션이 붙었지만 발표하지 않기로 했다. 소야교 측에 지원하는 10만 불도 비공개로 합의를 봤다.

사사삭!

사인하는 순간의 운비 심장은 취한 듯 뜨거웠다. 브레이브스의 유니폼을 받았다. 배번은 88번. 운비가 한국에서 쓰던 8이 두 개. 한국보다 두 배로 잘하라는 소망을 담은 번호였다.

아직은 연습용 유니폼이지만 숨이 막혔다. 운비뿐만 아니라 박 감독, 황금석, 윤서도 마찬가지였다. 마침내 꿈을 이룬 황운비가 유니폼을 입고 단장 옆에 섰다.

하트 단장과 운비!

잘 어울려 보였다. 감격에 겨운 윤서는 운비를 안고 펑펑 울었다. 하핫, 미인은 잠꾸러기라더니 울보도 해당되는 모양이다.

펑펑!

단장 등의 스태프와 기념 촬영을 했다. 스칼렛, 리베라와도 따로 인증 샷을 찍었다. 스칼렛과 함께 쿠바에서 건너온 소년 가장 리베라와의 각별한 인연의 시작이었다.

<황운비, 브레이브스 품에 안기다.>
<명분보다 미래를 택한 절묘한 계약.>
<브레이브스 장기 투타 플랜으로 아시아 최대어를 낚다.>
<브레이브스 팜 랭킹을 올리며 리빌딩 가속화.>

그날 저녁 차혁래 기자가 올린 1보였다.

실제로 브레이브스는 2016년에 굉장한 드래프트를 단행했다. 하트 단장의 안목은 거기서도 빛났다. 선발 자원 셀비 뮬러를 내줄 때는 다들 미친 짓이라고 했지만 대신 들어온 스완슨과 인시아테, 블레어 등이 또 보석이었다.

더욱 신의 한 수인 건 다이아몬스백스로 옮겨간 뮬러의 성적이었다. 그는 3승 12패로 죽을 쑤며 하트의 안목을 더욱 높여주었다.

거기에 더해 프리먼과 테헤란이 펄펄 날았다. 102마일을 펑펑 뿌리는 카브레라도 하트 단장의 짐을 덜어주었다. 그리고 야심차게 영입한 아시아의 보석 황운비와 쿠바의 진주 리베라, 이들이 시너지로 뭉쳐 사고를 쳐준다면 스칼렛의 말처럼 과거의 영화를 찾을지도 몰랐다.

차혁래 기자의 기사는 상보로 이어졌다. 사람들은 반신반의했지만 운비는 개의치 않았다. 이미 찍은 도장이었다.

『RPM 3000』 3권에 계속…

초대형 24시 만화방

신간 100%, 샤워실, 흡연실, 수면실(침대석), 커플석, 세탁기 완비

■ 시흥 정왕25시점 ■

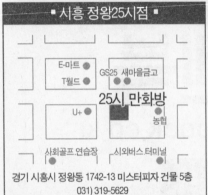

경기 시흥시 정왕동 1742-13 미스터피자 건물 5층
031) 319-5629

■ 강북 노원역점 ■

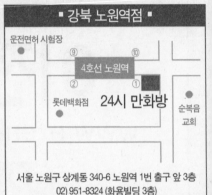

서울 노원구 상계동 340-6 노원역 1번 출구 앞 3층
02) 951-8324 (화용빌딩 3층)

■ 일산 정발산역점 ■

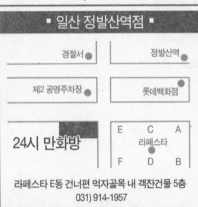

라페스타 E동 건너편 먹자골목 내 객잔건물 5층
031) 914-1957

■ 일산 화정역점 ■

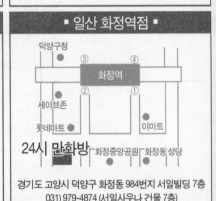

경기도 고양시 덕양구 화정동 984번지 서일빌딩 7층
031) 979-4874 (서일사우나 건물 7층)

■ 부천 역곡역점 ■

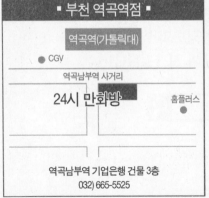

역곡남부역 기업은행 건물 3층
032) 665-5525

■ 부평역점 ■

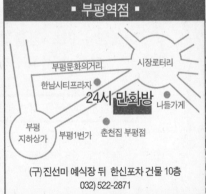

(구) 진선미 예식장 뒤 한신포차 건물 10층
032) 522-2871

이계진입
리로디드

임경배 퓨전 판타지 소설

FUSION FANTASTIC STORY

『권왕전생』임경배의 2015년 신작!

『이계진입 리로디드』

왕의 심장이 불타 사라질 때,
현세의 운명을 초월한 존재가 이 땅에 강림하리라!

폭군으로부터 이세계를 구원한 지구인 소년 성시한,
부와 명예, 아름다운 연인…
해피엔딩으로 이야기는 끝인 줄 알았건만
그 대가는 지구로의 무참한 추방이었다.
그리고 10년 후……

"내가 돌아왔다! 이 개자식들아!"

한 번 세상을 구한 영웅의 이계 '재'진입 이야기!

Book Publishing CHUNGEORAM

유행이 아닌 자유추구 -
WWW.chungeoram.com

2016년의 대미를 장식할 최고의 스포츠 소설!!

Career record : 984W 26L
Career titles : 95
Highest ranking : No.1(387weeks)
Grand Slam Singles results : 23W
Paralympic medal record : Singles Gold(2012, 2016)

약 십 년여를 세계 최고로 군림한 천재 테니스 선수.
경기 내내 그의 몸을 지탱하고 있는 것은…… 휠체어였다.

『그랜드슬램』

휠체어 테니스계의 신, 이영석(32).
그는 정상의 자리에서도 끝없는 갈망에 사로잡혀 있었다.

"걷고 싶다, 뛰고 싶다. …날고 싶다!!"

뛸 수 없던 천재 테니스 선수
그에게, 날개가 달렸다!!!

Book Publishing CHUNGEORAM

유행이 아닌 자유추구 -
WWW.chungeoram.com

GAME
BALL

게임볼 설경구 장편소설
FUSION FANTASTIC STORY

무명의 야구인이었던 남자,
우진이 펼치는 야구 감독으로서의 화려한 일대기!

『 게임볼 』

"이 멤버로 우승을 시키라고?"

가상 야구 게임,
게임볼을 통해 인생 역전을 꿈꾸는

한 남자의 뜨거운 행보에 주목하라!

Book Publishing CHUNGEORAM

유행이 아닌 자유추구 -
WWW.chungeoram.com